孛星·变轨

魏敏杰 著

中国民族文化出版社

北京

图书在版编目（CIP）数据

孪星·变轨/魏敏杰著. -- 北京：中国民族文化出版社有限公司，2023.3（2025.1重印）

ISBN 978-7-5122-1647-1

Ⅰ.①孪… Ⅱ.①魏… Ⅲ.①幻想小说－中国－当代 Ⅳ.①I247.5

中国国家版本馆CIP数据核字（2023）第029630号

孪星·变轨
LUANXING BIANGUI

作　　者：	魏敏杰
责任编辑：	江　泉
责任校对：	李文学
出　　版：	中国民族文化出版社　　地址：北京市东城区和平里北街14号
	邮编：100013　联系电话：010-84250639　64211754（传真）
封面设计：	乔　诗
印　　装：	三河市同力彩印有限公司
开　　本：	880mm×1230mm　32开
印　　张：	5.625
字　　数：	120千
版　　次：	2023年3月第1版　2025年1月第2次印刷
标准书号：	ISBN 978-7-5122-1647-1
定　　价：	42.00元

版权所有　　侵权必究

目 录

第一章　喀尔斯岛 …………………………………… 1

第二章　本格拉城 …………………………………… 23

第三章　赛勒斯大学 ………………………………… 36

第四章　特梅尔大平原 ……………………………… 55

第五章　纹燕鱼捕捞区 ……………………………… 71

第六章　兰登港 ……………………………………… 89

第七章　安德利绿洲 ………………………………… 105

第八章　克特里群岛 ………………………………… 119

第九章　阿布拉沙漠 ………………………………… 135

第十章　朵拉美大洋 ………………………………… 152

第十一章　夏当行星 ………………………………… 168

第一章　喀尔斯岛

"请去一趟警察局。"

哈娜门前站着一名警察，口音是合成的，有金属质感，还带着一丝丝回音。如果不是开口说话，不会察觉它是机器人。

"为什么？"哈娜问道。

"我只是执行命令。"

哈娜知道，像这样的机器人，是没法进行深入交流的，不理会也没有用。它虽然不能对人采取强制措施，但是可以一直待在门口。它也可以做到如影随形，你走到哪儿，它跟到哪儿。

"等我一会儿。"

哈娜决定和它一起去警察局。

哈娜随手关上门。她换上了鹰牌牛仔裤，一双长腿显得更加笔直纤细。她上身穿着黑色纯绵羊毛针织衫，外套是驼色毛呢大衣，脚上一双加绒平底圆头中筒皮靴。整个人显得风姿绰约，也透着一股干练。哈娜面容精致美丽，有着一双大眼睛，时常流露出有穿透力的眼神。

机器人警察开着警车，在鹤泽山蜿蜒的柏油马路上不疾不徐地行驶。哈娜心不在焉地看着窗外熟悉的景色，漫无边际地遐想。

鹤泽山在德拉伊洲连绵起伏的阿隆索山脉北麓，山里溪水潺潺、山石嶙峋，瀑布犹如珠帘……风景十分宜人，是一座秀美的名山。哈娜的家在鹤泽山的半山腰上，是一幢两层楼的尖顶原木屋。原木屋尖顶里面是一间带有天窗的小阁楼。透过天窗，视线没有任何遮挡，可以看到一片完整的天空。

哈娜对那片天空非常向往，便在阁楼里架设了一台天文望远镜。闲暇之余，哈娜喜欢坐在天文望远镜前欣赏着满天繁星的夜空。她常常把镜头对准满天繁星中那颗最亮、最大的星星，它叫夏当行星。夏当行星总是安静地反射着吉瑟恒星的光芒，像黑色星河丝绒上的一枚金币。

警车终于到了山下，前面是一望无际的平原。哈娜的思绪又回到了两年前的一天，她清楚地记得，那是吉历公元4000年7月10日。哈娜坐在屋前的摇椅上漫无目的地仰望星空，身边的手机正播放着流行歌曲。弟弟桑托斯边走出屋里，边兴奋地喊道：

"哈娜，网上都吵翻天了，夏当行星有了一颗卫星。"

"真的吗？"哈娜很惊讶。

"没错，不但有卫星的影像，还有卫星绕着夏当转动的3D模拟动画。是天文学家阿维罗最先发现的，所以取名阿维罗卫星。"

"我们应该买一台天文望远镜，仔细瞧瞧它。"

哈娜拿起手机，开始查询天文望远镜的款式和价格。

一周之后，网购的天文望远镜送到家里。哈娜原本打算利用天文望远镜蹭点热度，没想到网上对阿维罗卫星的讨论居然销声匿迹了。

哈娜想到这里，不禁微微一笑。家里的天文望远镜，让她不知不觉成了天文爱好者，也让她对夏当行星产生了浓厚的兴趣和无尽的憧憬。她总是幻想着，像仙女一样，在夏当行星的山川、河流、大海、沙漠、草原……上凌空漫步。

警车即将进入市区的时候，瑟光钻出云层，透过树叶的缝隙，一闪一闪地，照在哈娜的脸上。她不禁微闭上双眼。对夏当行星的痴迷，让哈娜知道了很多天文知识。

第一章 喀尔斯岛

哈娜所在的亚诺行星属于吉瑟星系。在银河系银盘中，吉瑟星系距离银河系中心10万光年，是一个非常普通的恒星系。如果要说吉瑟星系有什么特别之处，那就是它拥有孪行星。

早在1100年以前，亚诺天文学家发现不是吉瑟绕着亚诺转，正好相反，是亚诺绕着吉瑟转。夏当也绕着吉瑟转。吉瑟是夏当和亚诺的共同圆心，换句话说，它俩共同拥有一个"太阳"——吉瑟恒星；它俩都没有"月亮"——没有自己的卫星；它俩绕吉瑟公转的周期都是1年；它俩的椭圆轨道也相同，也就是有相同的长轴与短轴，有相同的偏心率，各自的圆心距离也相同。就像一对孪生兄弟，天文学家称它俩为孪生行星。

夏当行星的椭圆轨道与银河系银盘处在同一个平面上，而亚诺行星的椭圆轨道垂直于银盘。如果要说这对孪星有什么不同，它俩与银盘的空间位置关系是不同的。

夏当和亚诺的椭圆轨道面垂直相交，交线经过吉瑟这个圆心，垂直于各自的长轴，故而它俩的轨道会有对称于吉瑟的两个交点。天文学家将这两个交点分别命名为左肩与右肩。如果夏当和亚诺同时到达左肩或者右肩，便会发生相撞，这将是灭绝性灾难。幸运的是，在长达35亿年的时间里，它俩总是完美错过：每当夏当行星通过左肩时，亚诺行星正好运动到右肩。而当夏当运行到右肩时，亚诺恰好又在左肩。

亚诺和夏当之所以被称为一对孪星，不仅是椭圆轨道相同，还在于它俩长得也相像。它们有着相似的大小和质量；海洋面积和陆地面积大致相同；有相似的大气层以及大气成分；都有风、雨、雷、电、云；都有7个温度带划分，无任哪个温度带，都有相似的平均气温和温差。神奇的是，它俩的自转速度和方向，也是相同的。

造物主为吉瑟星系创造了一对孪星，却并没有始终保持不偏不倚。这对孪星，原本在生物圈的进化上，也是保持一致的。但是在某个时刻，造物主出现了偏爱。就像是养了一只宠物似的，造物主宠爱了亚诺黎猿。亚诺黎猿从所有的物种中脱颖而出,快速进化成亚诺人。亚诺人有很强的记忆力与很高的智商,先是会使用工具,后来又有了语言和文字,最终发展出高度文明的亚诺社会。现在,亚诺生物学家一致认为,夏当的生物圈还在继续进化,只是这种缓慢的进化,完全跟不上亚诺的步伐。它仍然处于原始状态,各物种相对平衡,没有绝对优势物种,更不存在文明社会。

造物主在两年前再一次有了偏爱,这次偏爱的是夏当行星。造物主让夏当行星有了阿维罗卫星,有了"月亮"的夏当行星,比亚诺行星更美丽。

警车终于在警察局的门口停了下来。哈娜收起对天文知识的回顾,下了警车。

警长德米在接待室里与哈娜面对面坐着。哈娜的穿透性眼神,让他显得无所适从。哼哈了两声,他终于还是开口了。

"我并不能问你任何问题,也不能回答你的问题。"

他停顿了一下,喝了一口咖啡。

"我接到命令,安排专车,送你去喀尔斯岛。"

"那是什么地方?"

哈娜从没听说过它。

"你去了就知道。"

德米显得很无奈。

"我所知道的并不比你多。别问我为什么,我只是执行联盟的命令。"

德米随即招了招手,两名体形高大的警察一左一右,护送着哈娜上了警车。车子启动时,哈娜突然想起了自己的斜挎包。

"我的包包呢,里面有我的手机。"

德米微微一笑。

"不用了,联盟命令,你不可以带手机。"

第一章 喀尔斯岛

哈娜皱了皱眉。

德米笑容可掬，欲言又止，最后忍不住说了一句：

"命令来自联盟主席雷萨。"

警车门啪的一声关上了，仿佛把德米最后一句话也关进了车里，在哈娜耳边久久不能散去。

不到两个小时，警车在海边停了下来。机器人警察的开门声将哈娜从睡梦中唤醒。睡梦中，哈娜看见桑托斯向她跑来，边跑边大声地呼唤："浪来了！浪来了！"他身后不远处，200多米高的海浪发出巨大的呼啸声，紧追不舍。

海边有一个30米长的木制栈道伸向海里，栈道尽头停着一艘快艇。快艇像一条圆棍子似的麦穗鱼。当哈娜走到快艇前时，它的嘴巴自动张开，急不可耐地想要吞食她。鱼腹里仅有一个座椅，像按摩椅一样，哈娜坐上去后，便被紧紧地包裹在里面。鱼嘴关闭时，海浪的拍击声让哈娜又想起了桑托斯在巨浪前奔跑时的梦境。

快艇像一枚鱼雷，在海面下40~50厘米的深度，高速地向喀尔斯岛驶去。这是一艘无人驾驶快艇，能够自如适应海浪的颠簸，保持良好的平稳性。哈娜不由地思索着这趟旅行的意图。

这是要见雷萨吗？这次旅行来自雷萨的命令，有这种可能性。她从没听过喀尔斯岛，这应该是一个不起眼的小岛吧。雷萨住在本格拉城的主席行署里，他会在这个小岛上吗？

这趟旅行，更像是押送犯人。是被监禁吗？如果是犯人，为什么没有审判？没有审判的监禁，那就是让人消失。让人消失，国家机器有很多种方法。待在一个荒无人烟的小岛上，让人彻底地与世隔绝，成为失踪人口，有必要这么麻烦吗？完全可以直接扔进海里。即便找到尸体，警察局出具一份意外身亡的报告，便会尘埃落定，再无涟漪。

哈娜今年25岁。大学毕业后在一家激光制造设备公司工作。作为一名普通的技术人员，工作内容就是核验产品电路图。亚诺社会早已实现制造业的智能化,产品设计、产品生产、产品运输、产品安装、产品维修等环节,全部都可以实现智能化、无人化,这在技术上没有任何问题。

只是联盟有规定,人必须要有事做。不做事就会失去机能,就会退化,最终机器人会取代人,人会成为机器人的奴隶。为了防止这种情况发生,企业生产任何产品,都必须在各生产环节设置人力岗位,安排职员从事核验工作。只有职员签批同意,才可以进行下一步智能化生产。

哈娜的这份核验工作很合法,也很普通,怎么可能会引起联盟的关注?而且还是来自主席雷萨的关注!

哈娜日常生活也很简单,业余爱好除了观测星空之外,喜欢听听音乐,偶尔逛街购物。弟弟桑托斯今年20岁,还在大学读书,平时住在学校旁的出租屋里。姐弟俩周末在家的时候,会开车下山,到城里吃饭看电影。弟弟放暑假的时候,哈娜会利用休假时间,和桑托斯一起旅游。哈娜的父母在5年前的一场车祸中丧生。哈娜承担起抚养少年桑托斯的责任,姐弟俩感情很好。5年来,生活虽然有些艰难,但也算顺利。这些生活琐碎,也不可能引起雷萨的关注呀。

在左思右想中7个小时过去了。快艇突然减慢了速度,哈娜从思绪中惊醒,应该是到达喀尔斯岛了。

哈娜踏上岛时,已是夜晚了。岛上有一个机器人警察在岸边等着她。它带着她从小码头下来,沿着一段缓缓向上的小路,走到坡顶。在那儿,哈娜看清了岛的全貌。

整个岛只有大约0.25平方千米的面积,地势比较平缓。岛上长满了茂密的、低矮的灌木丛。在这片灌木丛右半部分的中间,建有一排长约40米、宽约15米的拼装式平房,脚下的小路一直蜿蜒到平房前。哈娜借着屋外的壁灯,看清了这排平房。它有10间房。东边顶头的是设备间,接着是一间厨房兼餐厅,再

第一章 喀尔斯岛

接下来的 8 间房便是卧室。

机器人警察打开其中一间卧室,请哈娜进去。哈娜看了一眼房间,陈设很简单。外间有一张床和一个衣柜,里间是集成式一体卫生间。

"请休息吧。"

机器人警察准备关上房门离开。

"等一等!"

哈娜急促地问道:

"我需要在这儿待多少天?"

"不知道,到时候会通知你的。"

机器人警察关上了房门。

哈娜躺在床上,反复回想着这一天发生的事,心情低落到极点。显然,这个岛是荒岛。岛上仅有的那条小路是才开辟的。路边翻开的泥土还很新鲜。这排拼装式平房也是崭新的。它可以在工厂做好后直接在岛上拼装。这些工作能够在一天之内完成。很有可能,她来这儿,是雷萨的临时决定。

哈娜又仔细回忆昨天的点点滴滴。昨天是周日,夏当行星凌晨两点在夜空中出现,为了观测,哈娜直到凌晨 4 点才睡觉,大约上午 11 点才起床。起来后做了午餐。

装在天文望远镜上的相机拍了一些夏当行星的照片,需要下载到手机上。哈娜吃过午餐后,便来到阁楼里,下载完照片后,选取了两张效果最好的照片,上传到 TNR 上。TNR 就像微博一样,是亚诺互联网上非常受欢迎的社交平台,大家在平台里发布的图片、视频、文字,其他用户都可以看到。

桑托斯下周有考试,这周末没有回家,哈娜便独自开车下山进城。在城里,哈娜像往日一样,在超市里买了一周所需的食物及日常用品,然后回到了家里。晚饭之后,哈娜看了一部电影,做了家里的卫生。大约在 11 点左右,哈娜洗漱完毕,便上床睡觉了。

哈娜翻来覆去地将这两天的活动在脑海中回放,始终想不明白,究竟因为什么事,雷萨要动用警察,将自己送到这个荒岛来。

清晨,哈娜起床,来到餐厅,机器人警察已经为她准备好早餐。哈娜随口问道:

"现在几点了?"

机器人警察默不作声。

哈娜心里很沮丧,这是要让她彻底地被遗忘,甚至是被时间遗忘。强压着无名的怒火,哈娜接着问道:

"我可以在岛上散步么?"

机器人警察仍然默不作声。

哈娜知道,这类机器人只能在设定的场景中与人对话,超出这个范围,机器人只能以沉默应对。

哈娜吃完早饭,沿着岛上唯一的小路向海边走去。途中仔细观察着路边的灌木丛。突然,一丛灌木引起了她的注意。这是冻蓝,桑托斯曾教她认识过。冻蓝是猴李属的落叶灌木,尽管是冬天,奇怪的是,它的叶子居然没有掉落。冻蓝的叶子可以用水浸泡出染液,染液能够直接吸附在纤维上。她俯身采摘了它的叶片,把大衣两侧的口袋装得鼓鼓囊囊的。

回到屋里,哈娜将采摘的叶子揉成团,装进杯子,然后再盛上水浸泡。哈娜从衣柜里取出备用床单,用树叶梗蘸着杯中的蓝色染液,在床单上写下了一串数字:40021130。这是昨天登岛的日期——吉历公元4002年11月30日。哈娜要记下昨天这个日子,她怕忘记了时间。

吉瑟升到天顶时,机器人警察请她去餐厅吃午餐。饭后,哈娜顶着瑟光,在岛上转悠了一圈。除了茫茫大海,什么也没有,她索然无味地回到了房间。

一坐到床边,哈娜便默默地流下了眼泪。一上午没见到任何人,她的心就凉了半截,雷萨压根儿不可能来这儿了。她很后悔,当初不该听由警长德米的安排。桑托斯被巨浪追逐的梦境，就是不祥的预兆。下车之后，不应该登上那艘快艇。当时她有过这样的片刻犹豫，但是又想着是联盟主席的命令，没敢轻易违抗。

她不知道会与世隔绝多久，还能见到桑托斯么，会不会时间一长，模糊了他的面容。孤独、悔恨、委屈、愤怒，交织在她的心中。

突然，屋外似乎传来脚步声，哈娜急忙起身出门，看见一个男人跟在机器人警察身后，正向着平房走来。

不一会儿，他来到她的面前，和她对视了一眼，便被机器人警察请进了隔壁房间。看来不是我一个人，可能还有人要来这儿。也许等人都到齐了，雷萨才会见我们吧。哈娜心里这么想着，感到了一些宽慰。

整整一个下午，陆续住下了五个男人和两个女人，将八间卧室都填满了。晚餐的时候，机器人逐一敲门，将他们邀请到餐厅。大家围坐在餐桌前，互相看着对方，默不作声，气氛显得很尴尬。

等大家默默地吃完饭菜，哈娜打破了沉默。

"我们可以自我介绍一下。我先来吧。"

哈娜简短介绍了自己的姓名、年龄、职业。接着把目光投向第二个到达岛上的男人。

按照上岛的先后次序，大家依次介绍了自己。年龄最大的是罗德里格斯，53岁的高个子男子，从事服装设计工作。年龄最小的是威廉，刚满18岁，略显肥胖，准备来年上大学。艾伦，47岁，一名从事牲畜养殖的男子，身材魁梧，看上去很有力气。博格，33岁，即将退役的男子冰球运动员。考伯特，29岁，和桑托斯差不多高，身材匀称，面相英俊，大学讲师，从事物理教学。两位女性分别是沙玛和格曼妮。沙玛22岁，刚刚走出校园，正在证券公司实习，以谋求一份经纪人工作。格曼妮40岁，是一家超市的仓库管理员。

大家介绍完毕，气氛活跃起来。

"联盟主席让我来这儿的，你们呢？"

威廉有些不相信，又有些期待。

看到大家纷纷点头，哈娜说道：

"我不相信雷萨会在这儿见我们。"

"这么说还早呢，也许明天他就会见我们的。"

艾伦其实说出了哈娜埋在心里的期盼。

"这究竟是什么地方？"

沙玛问道。

所有人都沉默了。很明显大家都没有听说过喀尔斯岛。

"这小岛叫喀尔斯。"

哈娜的回答显然有些答非所问。大伙儿关心的是小岛的具体方位，而不是小岛的名称。

"我有办法知道小岛的方位。"

考伯特的话，引起了大家的兴趣。

"告诉我你们来自何地、乘坐的交通工具的速度、到达小岛所用的时间。我可以算出喀尔斯的大致方位。"

哈娜立刻明白了考伯特的方法。虽然岛上没有时间，但是载她来的警车和快艇上的电子表盘，显示有时间，也有速度。依据这两个数据，可以算出从警察局到喀尔斯岛的大致距离。如果以警察局为圆心，以路途距离为半径，喀尔斯岛必定位于这个圆内。每个人都有这样的圆。8个圆的交集，可以圈出喀尔斯岛的大致方位了。

"我根本就没有注意到速度。"

格曼尼失望地说。罗德里格斯和艾伦也没有留意，报不出距离来。

有5个圆也是可以的。5个圆心位于德拉伊洲的不同点上，有的来自东部，有的来自西部……半径也不同。没有草稿纸，全凭心算，要计算5个圆的交集，确实比较难，但是考伯特还是估算出了喀尔斯的大致方位。

"喀什斯岛应该在北纬39°，东经98°附近。"
考伯特睁开微闭的双眼，又解释道：
"我们在德拉伊洲的东面，在达拉尔大洋里。"
德拉伊洲是亚诺行星最大的大陆。达拉尔大洋是亚诺行星最大的海洋，从北极一直延绵到南极，东西宽度平均达1万千米，占亚诺表面积五分之一。
"游泳能游上岸么？"
博格突然问道。
"不可能。"
考伯特心里觉得好笑，这还用问么。
"据我所知，这儿离西海岸估计有1000千米。"
大家听了这话，都很泄气。

三天过后，所有人的心情都低落到极点。再也没有人来岛上。岛上仅有的8间房都住满了，大概率人是都到齐了。雷萨也没有来见他们。他们被流放了，被隔离了，仿佛这世界，只剩下他们8个人了。

这天晚上，哈娜坐在屋外的岩石上看着夜空，罗德里格斯走近她身边。
"你喜欢看星星。"
他注意到了哈娜的爱好。
"夏当很美，真想上去看一看。"
哈娜看了他一眼，微微一笑，又抬头看着天空。罗德里格斯也顺着她的视线，抬头看向天空。
"我来这儿之前，在网上看到过有人发的两张夏当的照片，蔚蓝蔚蓝的，很漂亮。"
罗德里格斯顺口一说，引起了哈娜的注意。
"是在TNR上看到的么？"
"是的。用户名叫蓝色星球。"

"那就是我，是我发布的。"
"真是太巧了！"
"真的是巧了。"
哈娜若有所思。
第二天早上，等大伙儿在餐厅用完早餐，哈娜问道：
"大家来这里的头一天是不是在 TNR 上看到过两张夏当卫星的照片？"
大家都点了点头。
"发布照片的是 @ 蓝色星球，对吧。"
大部分人都肯定地点了点头。
"配发的文字是：变轨——夏当行星改变了运动轨迹。"
大家再次点了点头。
"我在评论区还留言了：真的还是假的？"
沙玛补充道。
"那就是我。"
哈娜指着自己。
"只要浏览了你的照片，就都被流放到这个岛上。也包括你。"
威廉反应很快，看着大家，期待着他的观点被认同。
"没错，这就是我想要说的。"
哈娜点着头。
"难道雷萨要流放我们，就是因为你发布了两张该死的照片？"
艾伦嘟哝着。
"两张夏当的照片，也没什么呀，有关它的照片，网上多着呢。"
博格摇摇头，表示不可理解。
"我一直没明白，你配发的文字，究竟是什么意思？"
格曼妮看着哈娜。

第一章　喀尔斯岛

"大家还记得吗，两年前，网上闹得沸沸扬扬的，夏当有了一颗卫星。是天文学家阿维罗最先发现的。"

哈娜旧事重提。

"是的，是的，这件事大家都知道。"

罗德里格斯示意哈娜接着说。

"自那以后，我经常用天文望远镜观测夏当。我观测了两年，也查阅了相关资料，发现夏当的运行轨道，都和历史数据不相符。它的椭圆轨道偏心率变大了，椭圆轨道被拉扁了。"

"真的吗？"

威廉和沙玛异口同声地表示怀疑。

"我也不确定，所以在TNR上发布了这个观点，希望得到网友的认同。不过，夏当确实变了。"

大家一阵沉默，都在思考着，夏当的这种变化，究竟意味着什么。或者说，对于雷萨来说，意味着什么，以至于他要把所有知道哈娜这一观点的人，都流放到这个岛上来。

"如果雷萨介意这一点，那恰恰说明哈娜的观点是正确的。"

格曼妮像是领悟到什么，接着又皱了皱眉，说不出下文来。尽管这样，所有人都还是不约而同地点着头。

"我知道为什么了。"

一直沉默不语的考伯特发话了。

"哈娜的观点是正确的。我当时看到她的观点，就有过短暂的思考，只是被其他事情打断了。现在看来，雷萨确实有必要流放我们。"

考伯特停顿了一下，喝了一口红茶。

"亚诺和夏当，是一对孪星，有相同的轨道。一直以来，同步运行，完美错过，所以永远不会相碰撞。夏当在捕获阿维罗卫星的过程中，两者之间的引力作用，让运行轨道发生了改变。它迟早会与亚诺相撞的。"

"轨道不一样，为什么一定会相撞？我们和其他行星轨道也

· 13 ·

不一样，也不是没有相撞么。"

威廉反驳道。

"我手头上没有数据，无法具体计算出目前夏当的运行轨道。正如哈娜讲的，夏当的运行轨道可能只是略有改变，仅仅是轨道偏心率变大了一点。左右肩没有变化。"

"什么是左右肩？"

艾伦问道。

"这是亚诺轨道和夏当轨道的两个交点，两个交点以吉瑟恒星为对称点。以前亚诺运行到左肩时，夏当一定运行到右肩。所以，它俩一直以来不会碰撞。"

考伯特耐心地解释着。哈娜没想到他也懂得这些天文知识，心里有了些亲近感。

"你的意思，现在亚诺运行到左肩时，夏当不在右肩，是吗？"

沙玛问道。

"是的，随着时间累积，一年又一年，一圈又一圈的运行，最终，我们会和夏当在左肩或者在右肩相遇。那将是两者的毁灭！"

考伯特有点激动起来。

"这就好比圆形跑道上的两个运动员，一前一后同向跑步，如果他俩速度相同，谁也追不上谁。如果有一个速度变慢了，迟早会被另一个追上，是这样么？"

博格问道。

"大体就是这个意思。"

"多久会相撞？"

罗德里格斯问道。

"手头没有数据，我无法计算出来。"

考伯特耸耸肩。

"如果被所有人知道，世界末日即将来临，亚诺社会将动荡不安,甚至陷于战争。这不是雷萨希望看到的局面!"

大家开始有所明白了。

"也许雷萨早就知道了世界末日,他一直隐瞒着所有人!难怪夏当有了卫星一周后,网上舆论突然就销声匿迹了。原来是被封杀了。"

哈娜又气愤地说。

"现在看来,雷萨关于夏当的所有言论,一直在暗中监听,也一直在暗中封杀。"

考伯特补充道。

为了封杀,雷萨不惜将哈娜等8个人流放到喀尔斯岛上,真是够狠心的。喀尔斯岛再没有人到来,说明雷萨是成功的,世界末日的消息没有被扩散。现在,只要他们待在岛上,这个秘密永远不会被世人知道。

要想逃离喀尔斯岛,并不容易。单凭个人游泳,是游不到岸上的。岛上也没有可以利用的木材,做一艘船也是不可能的。即便没有机器人警察看管,他们也插翅难飞。餐厅里弥漫着悲哀的气息。

"也许这样是公平的。世界末日来临,待在哪儿都一样。"

罗德里格斯宽慰道。

"我们还是要想办法结束这一切,无论如何,民众不能被蒙蔽。他们需要知道真相。"

哈娜表情坚毅。

"唯一的办法,就是要和外界建立沟通的渠道。"

大家听到考伯特的这句话,也都无动于衷,感觉说了也白说。

"我们可以在机器人警察身上想办法,它肯定是和外界有联系的。"

考伯特没有理会大家的无动于衷。

"它能听我们的吗？"

艾伦有些讥讽地表示怀疑。

"我们取下它的通信元件，便可以对外通信。机器人警察能够运转，也是靠着它的通信元件与联盟的数据云保持联系。"

大家一致觉得考伯特说的确实是个办法，决定捕获机器人警察。艾伦和博格一起采集了一些灌木，编织成一条又粗又长的灌木条，再将床单撕成布条，将灌木条捆扎密实。艾伦和博格准备用它袭击机器人警察。

事情进展得并不顺利。机器人警察脚底有振动传感器，使得它仿佛像一只贴在地面的猫，稍有动静便可察觉。艾伦和博格的背后偷袭，总是还没近身，就被机器人警察扭头发觉。

艾伦和博格只能守株待兔，埋伏在机器人警察必经之地。等待它经过之时，一跃而起，用木条袭击它。可惜事情仍然不顺利，两次伏击都被机器人警察轻易化解。

"岛上的机器人警察，不止一个。"

艾伦有些故弄玄虚的样子。

"我曾做了整天的观察，机器人警察都是一模一样，肯定是同一个。"

沙玛不相信，一副不屑的神情。

"女人就是喜欢看外表。伏击机器人时，我看到了它腋窝里的编号。两次伏击，它的编号不一样，肯定是两个机器人。"

艾伦挑衅地看着沙玛。

大家都感觉很惊讶，如果这是真的，那这个小岛肯定有一个秘密的地方，储存着其他机器人。在哈娜的安排下，大家开始对岛上的每一寸土地进行检查。此时，机器人警察看着他们的忙碌，无动于衷，仍按部就班地做着它的事情。

哈娜对自己负责的区域仔细地检查了一遍，一无所获，感觉到很疲惫，便向平房走去，想回卧室休息一会儿。此时，她远远看见机器人警察走进这排平房顶头的设备间，关上了门。等到哈娜走到卧室门口时,它才从设备间出来,走向餐厅。哈娜思索了一会儿,好像突然明白了什么,打开卧室房门,休息去了。

晚餐的时候,大家都表示,一整天的检查,没有任何收获,一切看起来很正常,没有可以存储机器人的地方。

"我们的食物从何而来?"

停顿了一下,哈娜又接着问道:

"我们的电力从何而来?我们的淡水又从何而来?"

"我仔细观察了的,我们的食物就是从这餐厅里而来。这个餐厅好像可以源源不断地输出食物。"

格曼妮看来也注意到了这个问题。她在超市工作,对食物、日常用品和生活垃圾等东西的关注,有着职业的习惯。

"我们到来后,也有6天的时间了,从来没有看到机器人警察搬运过食物、日常用品和生活垃圾。也从来没有看到船舶停靠这个荒岛。我就感觉,我们的食物和日常用品,就是从这个餐厅产生的,我们的生活垃圾,也是从这个餐厅消失的。这让人匪夷所思,但这就是事实。"

格曼妮语气坚决。

"这个餐厅下面是不是有个地下仓库?"

哈娜扭头问机器人警察。

机器人警察默不作声。自从8个人在喀尔斯岛安顿下来后,它就再也没有说过话。即便艾伦和博格伏击它的时候,也没有说过话。

"我们要仔细检查一下这个餐厅,说不定有通往地下仓库的通道。"

考伯特支持哈娜的观点。

"如果艾伦说得没错,其他机器人也可能在这个地下仓库里。"

哈娜补充道。

大家都觉得这个地下仓库肯定存在。而且入口就在餐厅的某个地方。大家不自觉地分头找了起来。找了好一会儿，也没有发现任何端倪。

哈娜心想，当代亚诺人的制造工艺非常精湛，入口肯定做得很隐蔽，很难用肉眼找到。如果真的有地下仓库，真的有多个机器人警察，那机器人警察一定会换班。它们会在换班时，带上来食物和日常用品，带下去生活垃圾。也许夜晚就会换班，不如等到它们换班时，看个究竟。

哈娜向大家使了个眼神。所有人都默不作声地跟随她走出了餐厅，各自回到了卧室。

"别睡了，数到2000，我们再去餐厅。"

当沙玛路过哈娜的房间门口时，哈娜邀请她一起去，沙玛点头同意了。

哈娜安静地平躺在床上，用右手搭在左手腕的脉搏处，心里默数着脉搏的跳动。当她数到2000下时，起身走出了房门。不一会儿，沙玛也出了房门。岛上没有时间，大家靠数脉搏来约定时间。

平房的屋前屋后，所有的灯都熄灭了。虽然有满天的繁星，但是喀尔斯岛的夜还是很黑。哈娜和沙玛，小心翼翼地向前摸索着走到餐厅前。当哈娜和沙玛慢慢起身，透过窗户想看看餐厅内的情景时，机器人警察亮着绿闪闪的双眼也出现在窗户前，面对面地盯着她俩。哈娜突然意识到，机器人警察脚底有灵敏的振动传感器，可以轻易觉察她俩的脚步声。艾伦和博格偷袭没有成功，也是这个原因。

哈娜很懊恼行动前没有仔细盘算。她扭头示意沙玛先回卧室休息，自己索性留下来，待在餐厅里，看看会不会发生机器人警察换班的情景。机器人警察看她不走，也只好陪她坐着。一晚上艰难地度过，当吉瑟从海平面升起，第一缕瑟光透过窗户照进餐厅时，通向地下仓库的入口始终没有打开，这里一切正常，只是机器人警察的绿色双眼变成了红色。

第一章 喀尔斯岛

沙玛早早地来到餐厅，急切地问她情况如何。一夜未眠，疲惫不堪的哈娜摇着头，很失望地告诉沙玛，没有任何事情发生。随后，又信心满满地指了指机器人警察。

"它快没电了。我就不相信，地下仓库不派新的机器人来！这个入口肯定会打开！"

此时，沙玛看到机器人警察红色双眼频频闪动。突然，它打开餐厅门，沿着小路急速地走去。哈娜和沙玛愣了一下，也跟着追了出去。机器人警察很快来到海边小码头，身后的哈娜和沙玛，情不自禁地大声喊道：

"你要干什么！"

话音刚落，机器人警察就走进了大海里，消失在起伏的海浪中。

哈娜和沙玛沮丧地返回餐厅。等大家都到齐后，哈娜讲述了事情的原委。

"没有了机器人，没有食物，我们会饿死在这个岛上。"

哈娜感觉有些歉意，昨晚的行动草率了。

"机器人警察死也不愿意让我们知道入口，那我们赶紧回到房间别出来了。餐厅没有人了，说不定机器人警察就会带着食物出现。"

考伯特宽慰着哈娜。

"怎么可能，我们暴露好多次了。我们的行动，雷萨一定清清楚楚。在他眼里，我们这是要逃跑。他巴不得我们早死。我们死了，秘密就不复存在了。"

艾伦脾气有些暴躁，显得气急败坏。

"只能等待了。"

罗德里格斯拍着艾伦的肩膀，示意他应该平静下来。毕竟，哈娜所做的一切，都是为了大家尽可能早点逃离这儿。大家按照考伯特的想法，都待在房间里，度过了忐忑不安的一天。

第二天早上，大家来到餐厅时，机器人警察已经做好了早餐,就像没什么事发生似的。所有人暗暗地舒了一口气,再不供应食物,真的要面对死亡了。

在喀尔斯岛上,就像是在监狱里。一个个房间就是监舍。出了监舍,在岛上闲逛,就是放风。机器人警察就是狱警。哈娜等人和犯人没有实质上的区别,甚至还不如犯人,犯人还可以看看报纸或电视,了解监狱外发生的事情。岛上的人,一无所知,甚至连时间都不知道。他们除了吃饭睡觉,无所事事,自然总会想一些事情来做。

从哈娜登岛算起,岛上的生活只有两周,应该还是寒冬季节。奇怪的是,周边的海水看上去并不冰冷,呼吸的空气也没有寒意,仿佛春天已经来临。岛上没有沙滩,陡峭的悬崖围着喀尔斯岛一整圈,仅仅在小码头那儿开出了一个缺口,让出那条小路,一直通到那排平房前。博格站在离小码头不远的一处悬崖上,舒展双臂,一个猛子跳下悬崖,扎进海里。

"真是个疯子,没事找事做。"

艾伦情绪一直低落,对眼前的任何事都看不顺眼,总是满腹牢骚。

沙玛站在小码头上望着海面,终于看到了海浪里若隐若现的博格,向他挥着手,示意他赶紧游回来。博格慢慢地游上岸。两个人简短说了几句,便急忙走向平房。博格进了他的卧室,而沙玛召集大家前往餐厅。等大家都在餐桌前坐定时,博格也淋浴完,换好衣服来到餐厅。

沙玛见到博格出现在餐厅门口,急忙招手,示意他赶紧坐在她身边。

"博格有重大发现。"

大家把目光投向了博格。博格坐定后,兴奋地说道:

"这是一艘航空母舰。"

博格认为,喀尔斯岛很有可能是航空母舰改装的人工岛。拆掉舰桥、堆砌岩石、覆盖泥土、种上灌木，甲板就变成岩石与灌木丛混杂的地表，再将露出海面的船舷，浇筑水泥，镶嵌岩石，仿造成悬崖，无论是空中俯视，还是海上平视，或者岛上环视，都会以为是一座自然天成的小岛。

"我潜泳了大约5米深，在3米深的时候，看到了爬满微生物和浮游生物的船舷。船舷向下延伸，看不清尽头。我估计应该有60米以上吧。"

博格深信，吃水这么深，只有可能是航空母舰。

"喀尔斯岛的面积大约是0.25平方千米，不可能有这么大的航母。这不是航母改造的，这就是雷萨打造的漂浮岛。"考伯特提出自己的想法。

大家都点着头，觉得他说得也很有道理。

"不过海里的部分，和核动力航母差不多，肯定有动力机组和核反应堆。"

"你也觉得这座岛在移动呀。"

她很惊讶他也知道这一点，觉得和他很有共鸣。

"那你之前对喀尔斯岛的定位，岂不是毫无意义？"

哈娜想到考伯特皱眉闭眼，心算5个圆交集的样子，又觉得他很可爱。

"确实毫无意义，我们现在究竟在达拉尔大洋的哪个位置，无从知晓。"

考伯特叹了口气。

"它真的在移动么？也许就在原地漂浮。"

威廉不相信。

哈娜赞同考伯特的观点。喀尔斯岛确实在移动，只是移动速度不快，在茫茫大海中，没有陆地参照物，无法感觉到。哈娜观察夜空，根据星图中星座位置的变化，已经有了这样的猜测。在北纬39°，只有在深夜的时候，才可以看到巨狼星座。昨晚，夜幕降临时，它已经高挂夜空了。这说明，喀尔斯岛已不在北纬

39°了，确切地说，它应该往南移动，所处的纬度更低了。由于每天日出的方位没有变化，喀尔斯岛是往南直线移动。哈娜还观察到，用来做书写的染料植物冻蓝，居然在寒冬里没有落叶。这说明，喀尔斯岛下有机组在运行，散发出热量，让地表很温暖。

哈娜还指出海风的温度渐渐变暖，博格的游泳，说明海水也在变暖。所有这一切都意味着，岛上的人，再也无法确切地知道，自己身处何处。

"只有下去，去航母，才是我们的出路。"

无论岛的下面是不是航母，那儿可以源源不断地供应食物和日常用品，可以肯定它连接外界。哈娜的话，又为大家点燃了一丝希望之光。

第二章　本格拉城

亚诺行星大约在600万年前出现人科动物。人科动物呈辐射状进化出很多分支，其中一支称为亚诺黎猿。大约2万年前，亚诺黎猿在进化过程中智力水平一般，与其他分支相比大体相当，只是脑容量有了显著的增加。然而，从那时开始，亚诺黎猿仿佛得到了造物主的抚养，智力突然得到了快速的提高，仅仅用了不到1万年的时间，大约在吉历公元前6000年，其智力水平比其他分支有显著的提升，直接进入新石器时代，亚诺黎猿被正式称为亚诺人。

此后，亚诺人快速地发展科学技术。他们的新石器时期，大约经历了6000年，青铜器时期，大约经历了2500年，铁器时期和机械时期，大约经历了1000年。明显地，亚诺人的进步越来越快。之后的电子时期、信息时期、智能化时期，迭代期越来越短，总共只有500年。吉历公元3801年，第一个生产线机器人诞生，标志着亚诺人进入智能化时代。在40世纪60年代，也就是吉历公元3960年之后，亚诺人进入高级智能化与全面信息化时代。

吉历公元3858年，亚诺人正式建立联盟。联盟首府是本格拉城。联盟主席实行终身制，第一任主席为蒂亚特。雷萨是第四任主席。首任主席由各国元首选举产生，之后的主席由前一任指定，但不可以指定自己的亲戚。

亚诺的历史学家认为，联盟的建立有其历史必然性。首先，这是科学技术发展的必然结果。高速运输工具的发明以及交通网络的大数据智能化管理，使得个人的活动空间得到极大的扩展。

就拿穿梭机而言，这种高速喷气式飞机看上去像老式织布机的梭子，长度不超过3米，能让亚诺人像鸟儿一样随心所欲地飞行。穿梭机有这样的功能，这得益于微型喷气发动机的发明。亚诺人发明了火焰喷口直径约为3毫米的微型喷气发动机。一艘穿梭机身上可以集成10万个这样的发动机。每个微型喷气发动机的喷口方向和气流速度依据穿梭机姿态和乘客指令可以自主调整。这种穿梭机，操控便捷，飞行平稳，安全可靠，既可瞬间加速，又可平滑悬停；既节省了燃油，又提高了有效载荷比。

人类学家认为，亚诺人如果能像候鸟一样飞翔，疆域的概念就会消失。既然亚诺星球的任何一个地方都在自己脚下，又何必去攻城略地，不断地扩张自己的疆域。

穿梭机的普及也推动了语言的统一。既然能快捷地和世界各地的人见面交流，那么世界各地语言自然而然地会被一种标准化的语言所取代。曾经非常流行的智能语音翻译器，注定会成为历史的产物，送进博物馆里供后人观摩。

其次，战争已没有存在的必要。各国大数据和智能化系统的建立，造成国与国之间没有秘密可言。当R国导弹发射井打开时，A国的防御系统便已感知；当A国的航空母舰调转方向，C国的决策系统就已分析出它的目的地。在知己知彼的情况下，战争作为解决国与国之间矛盾的暴力手段，已经没有胜算可言，只能是两败俱伤，白白消耗资源。

就像1000年前各国元首签署防止核战争公约一样，在吉历公元3051年，各国元首签署了防止战争公约，明确规定各国之间的矛盾，不得使用战争来化解。既不能胜者为王，败者为寇，也不能以暴制暴，以恶制恶。

最后，亚诺社会的高速发展，也带来了全球资源的紧张。没有一个国家不存在资源短缺的问题。每一个国家都需要进口别国的商品或者物资，才能发展自己的经济。

就拿电网来说，技术的发展使得超远距离传输的电力损耗已经降到微乎其微，全球一张电网成为最经济的能源方案。它可以随时让一个国家多余的发电量调度到用电短缺的另一个国家。既避免了电力的浪费，又挽救了停电带来的经济损失，同时还可以大大减少调峰电站的建设。这个时候，仍然强调国家能源的独立性，显然是不经济的。

因此，亚诺的经济学家呼吁，国家的存在是全球资源可持续利用的最大、最根本的壁垒。

吉历公元3858年10月16日，亚诺人举行了盛大的签约仪式。各国元首齐聚本格拉城，共同签署了《亚诺联盟共同宣言》，推选出联盟主席蒂亚特。在签约仪式上，各国元首降下本国国旗，第一任联盟主席蒂亚特升起联盟国旗，各国三军总司令向联盟主席蒂亚特交出军刀。自此以后，国家不复存在。准确地说，亚诺社会只有联盟这一个国家。那一刻，所有的元首、总司令以及广大民众，不禁热泪盈眶，场面十分感人。

朵拉美大洋覆盖了整个北极圈，气候终年寒冷，海面上形成了厚厚的冰层。联盟筹备组为了体现中立，在冰层上建造了本格拉城。本格拉城在北极圈内，离北极点500千米，不属于联盟成立之前的任何一个国家。在城市中心，建造了联盟的主席行署。从此，本格拉城成为联盟统治亚诺社会的心脏。

作为第四任联盟主席，雷萨已经执政了13年。联盟主席的核心任务就是维护世界的和平，让亚诺人再无战争。如果发生战争，联盟的存在就毫无意义。历任联盟主席为了和平，为了稳定，呕心沥血，利用不断进步的科学技术，强有力的集权体制，构建了一个控制力超强，反应超快的社会治理体系。这一体系能够实现100多亿的亚诺人，在雷萨面前，都是透明的。每个人的一言一行，一举一动，从生到死，时时刻刻，雷萨都是知晓的。毋庸置疑，雷萨也是能控制的。

然而，一个天文事件，将雷萨陷于了前所未有的危机中。

吉历公元 4000 年的 7 月 9 日。雷萨面前的巨型屏幕闪烁着橘黄色预警灯。雷萨目光聚焦预警灯时，屏幕画面扩张开来，展示出夏当行星的现状。在过去的 24 小时，3D 动画影像显示了外来天体高速接近夏当，引力作用逐渐明显，两者开始翻转纠缠，最后两者稳定下来。雷萨按照以往的经验，对这类黄色预警，下达了跟踪观察的命令。

第二天，天文学家阿维罗便向雷萨报告夏当有了新卫星，申请将新卫星取名为阿维罗。按照天文学领域的惯例，谁率先发现，就以谁的姓名命名新天体，雷萨没有任何迟疑，立即批准了阿维罗的申请。

令雷萨没有想到的是，阿维罗卫星受到亚诺人的普遍关注，就像陨石击中了海面一样，平静的网络上掀起了海啸般的热议。

针对网络上五花八门的评论，本格拉主席行署的舆情评估系统开始高速运转，每 2 个小时向雷萨提交 1 次分析报告。分析报告的结论分为良性舆情、负面舆情、恶性舆情三类。负面舆情一般是指批评联盟制度与措施的舆情，而恶性舆情则是指有战争风险的舆情。

执政 13 年来，每次舆情评估报告，基本都是良性的。偶尔有一两次负面舆情，还是轻度的。这次也不例外，网络舆情过去了 4 天，不断更新的评估报告一直定性为良性舆情。

第五天，雷萨接见了阿维罗。阿维罗汇报了他的重大猜测：夏当行星的运行轨道可能发生改变。雷萨为此调用了太空监测网的分析报告。分析报告印证了阿维罗的猜测。夏当行星的运行轨道发生了改变，它的一年不再和亚诺行星一样，不再是 365 天。

分析报告给出了夏当与亚诺相互位置关系的动态 3D 合成影像画面。画面将时间轴设置为每秒一年。影像播放 50 秒后，夏当和亚诺发生了碰撞。

雷萨陷入了沉思。50年后，亚诺将不复存在，联盟将不复存在，本格拉城将不复存在，亚诺文明将不复存在。雷萨虽然65岁了，寿命延长术可以确保他活到120岁，最高可以达到150岁。即便50年后，雷萨仍然活着，他会眼睁睁地看着自己不复存在。

如果所有亚诺人都知道了世界末日即将来临，那将不再是网络上的海啸，那会是亚诺社会的海啸。颓废、动荡、动乱、杀戮、战争……这是联盟的灾难，亚诺人的灾难。

厄运不能回避，应该冷静地面对，这是联盟的使命。从现在起，一定要让亚诺人继续平静地生活50年。雷萨想到这儿，立即将这份报告设定为绝密级。

雷萨加大了对网络舆情的干预力度，启动了网络舆情导流系统。在导流系统的潜移默化下，民众的注意力被分散、被引导，夏当卫星的热议随后烟消云散。两个月后，全网又有了一条与夏当卫星相关的新闻：天文学家阿维罗患精神病接受治疗。

雷萨深吸了一口气，一场危机终于化解了。还有50年，需要抓紧时间来解决亚诺和夏当的碰撞。

本格拉城的计算机系统再次响起了红色预警。吉历公元4002年11月29日3点12分，雷萨看着屏幕的红色预警，心里有了预感。果然是关于夏当行星的预警。屏幕画面展示了哈娜在TNR I的照片和配发的文字。特别是那简短的一行文字，"变轨——夏当行星改变了运动轨迹。"触发了敏感话题侦测系统。

侦测系统解读文字后随即标记为红色。红色意味着，这是雷萨关注的高度敏感话题，换句话说，就是雷萨特别不愿意看到的话题。侦测系统还显示了曾经浏览过哈娜这条信息的7个网民。同时，侦测系统屏蔽了这条信息，全网不再可见。

雷萨始终担心，终有一日，世界末日的秘密会泄露出去。看到哈娜的观点，雷萨稍感宽慰。哈娜只是猜测夏当的轨道变了，并没有直接说到世界末日——亚诺和夏当的碰撞。哈娜的猜测，不到5分钟便被侦测到了，浏览的网民也只有7个人。事情并没有扩散，还来得及控制。想到这儿，雷萨果断地下达了流放命令。

国家机器是强大的，让100亿人中消失8个人，根本就不是一件费力的事情。关键是这样的命令，参与执行的人越少越好。人是最不能保守秘密的。必须依靠机器人警察来执行命令。机器人从诞生之日起，就设置成不能伤害人类。唯一的选择就是流放了，比起意外死亡来，它虽然不能一劳永逸，但相对平和，有进退的空间，也有成功的案例。

来自喀尔斯岛的报告显示了哈娜等人的一举一动，雷萨惊叹于这伙人的聪明。他们居然分析出了亚诺和夏当将会发生碰撞，也明白雷萨为什么要流放他们，也在挖空心思设法逃出喀尔斯岛。

雷萨并不在意他们的这些举动，甚至听之任之。在这个与世隔绝，不停移动的人工岛上，他们再怎么折腾，也翻不出大浪来。没有外来力量的帮助，他们绝对不可能逃出喀尔斯岛，世界末日的秘密只会留在岛上，一切尽在掌控中。

发生机器人警察跳海事件后，雷萨可以顺势饿死岛上的人。只要不再安排机器人警察，岛上没有了食物与淡水的供给，他们必定会饿死。

在封闭的喀尔斯岛上，即便不被饿死，也会孤独而死。时间长了，他们会产生厌烦，会拉帮结伙，会相互敌对，会相互迫害与厮杀。继续观察他们的行为，也是一项有价值的，也是有趣的心理实验。

亚诺人回到原始社会，不依赖于手机，不依赖于元宇宙，不依赖于穿梭机，不依赖于现代社会所提供高科技服务，究竟能否生存，还能像祖先那样钻木取火么？还能像祖先那样狩猎么？还能像祖先那样自然分娩么？雷萨尽管有些恼怒他们的反抗，仍然决定让他们继续活着。雷萨相信，现代人陡然回归原始社会情境，更凶险的未来会很快降临在他们身上。

桑托斯在哈娜踏上喀尔斯岛的第二天，便很肯定她失踪了。车钥匙在家里，卫生间的灯亮着，床上的被子是起床掀开时的状态，早餐制作进行到一半，洗衣机的衣服没有晾晒……，所有迹象都表明，哈娜是临时出门。手机关机，没在公司上班，公司也在询问她的情况。她一定是失踪了。

桑托斯不得不向警察局求助。依照法定程序，对于失踪人员的搜寻，可以申请调阅视频监控。亚诺的公共场所、街道、广场、餐厅、酒店、摩天大楼、电影院……都有高清摄像头。联盟还在亚诺行星的同步轨道上，布满了带有超高分辨率摄像头的人造卫星，确保雷萨能够清楚地看到亚诺每一寸土地，哪怕是人迹罕至的荒郊野岭。这些摄像头能够生成元宇宙，将每一个人的活动，无论他是在城市，还是在山岭、沙漠、冰川……都能准确无误地展现出来。

调阅申请被批准。警长德米告诉桑托斯，安排哈娜前往喀尔斯岛，是雷萨下达的命令。德米播放了哈娜前往喀尔斯岛的元宇宙。元宇宙再现了哈娜来到警察局，从警察局到海边，在海边栈桥登上快艇的所有场景。由于快艇到喀尔斯岛是在海面之下的行驶，卫星摄像头无法看到，监控视频到此便结束了。

"回去等着吧，哈娜不会有事的。联盟有重要工作需要她完成，这是联盟的最高等级秘密。我也一无所知。"

德米言不由衷地安慰着桑托斯。

桑托斯明白，事情也有可能比这更糟糕。哈娜是一个普通的电气工程师，所在公司的产品也很普通，她参加工作也就3年，资历很浅，联盟重大的、绝密的工作，不太可能需要哈娜去完成。哈娜也有可能是被关了起来。可是，哈娜是一个普通的女孩，能做出什么事，足以冒犯到雷萨？

桑托斯看了德米一眼，知道从他那儿找不到答案。唯一可以知道的就是，哈娜现在喀尔斯岛。既然是雷萨的命令，那就只能去本格拉城，那是联盟首府所在地，雷萨就住在那儿。见到雷萨，一切都会明白。

"我要去本格拉城见雷萨。"

桑托斯两眼紧盯着德米。

"没有雷萨的批准，任何人都不可以前往本格拉城。"

德米说完，用手指点了几下办公桌上的触摸屏，屏幕出现了一张申请表。

"把这张表填了吧，我们会递交你的申请。不过，你也别太指望了。每天都有成千上万的人想去本格拉城，很少有得到雷萨批准的。"

桑托斯提交了申请报告准备离开时，德米递给他一个斜挎包，"这是哈娜前往喀尔斯岛时留下的，里面有她的手机。"

岛上其他人也都有亲朋好友。这些亲朋好友，和桑托斯一样，也提出了面见雷萨的申请。雷萨期待着他们的申请，他想和他们见面。他同意每家派出1个人，一共8个人，在同一天抵达本格拉城，一起面谈。

本格拉城是一坐建立在厚厚冰层上的圆形城市。圆心处是圆形的主席行署。历任联盟主席都住在行署里。主席的日常起居、办公、健身、休闲娱乐……都在行署里进行。圆形城市内接正方形的四角，按照东南、西南、西北、东北四个方位，分别建有大小相同的正方形建筑。这四个正方形建筑物分别叫作魔方A、魔方K、魔方Q和魔方J。四个魔方里安装了大型量子计算机，有着超强的运算能力和存储能力。

魔方A具有全网侦听与干预的功能。像敏感话题侦测系统、舆情评估系统、网络舆情导流系统等，都是魔方A的子系统；魔方K具有全球音视频监视与图像识别分析功能。像太空监测网，就是它的组成部分；魔方Q具有全球能源监控功能；魔方J

具有决策分析功能。魔方系统帮助雷萨管理着整个亚诺社会，雷萨更喜欢称它们为左膀右臂。

圆形城墙将整个本格拉城封闭起来。厚厚的城墙里有机器人仓库，有核聚变发电机组，城墙上有停机坪，穿梭机停放在上面。穿梭机供雷萨外出使用或者面见雷萨的客人使用。整个本格拉城就住着雷萨一个人。机器人警察为雷萨提供所有的服务，包括防卫服务。

"欢迎你们来到本格拉城。"

雷萨在主席行署的会客大厅，热情地和他们一一握手，带领他们来到餐厅，邀请他们共进晚餐。

席间，雷萨认真倾听了桑托斯等人的叙述。餐厅里暗藏了生理监测仪，能够记录下每个人的呼吸、脉搏、脑电波、肾上腺素等生理指标，并做出分析判断，以此了解他们每句话的真实性，他们的内心隐藏的真实想法。等他们叙述完，雷萨确信所有人并不知道夏当卫星的变轨。哈娜等8个人的流放，确实有效控制了敏感信息的扩散。

"亲爱的朋友们，不用担心，他们会在二个月内回到你们身边。你们所关切的问题，我让机器人警察来回答吧。"

雷萨安排机器人警察回答，是这场会面精心安排的一部分。机器人警察在设定的主题内与人对话，有利于会谈的效率。

人与人之间的交流，往往谈着谈着，就扯到了不相关的话题上，沟通效率其实是低下的，还有可能节外生枝。人与机器人警察对话，如果跑偏了主题，机器人警察便无法应答，只能以沉默应对。这就迫使谈话内容重新回到原先的主题上来。

机器人警察特有的金属合成音，语速稳定，语气坚定，不带情绪，给人一种客观陈述的感觉，容易让人相信，这对各种性格的人都适用，不容易产生心理抵触。

机器人警察没有情感，也就不会对人表露的情感产生反应，即使对方言语辱骂和肢体冲撞，也绝不会动怒，有利于避免矛盾的升级。

"安排他们去喀尔斯岛，是在自愿申请的基础上随机抽取的。他们是志愿者，愿意参加一项心理实验。这项心理实验非常重要，它研究人在与世隔绝环境下，究竟会产生哪些心理变化。实验时间为期二个月。"

机器人警察开始陈述。

"我们赖以生存的亚诺星球，随着科技的进步，获取能源的能力也越来越强大，这也意味着能源的消耗也越来越多。我们的能源留给后人的不多了。为了延续亚诺人的文明，我们必须移居到别的星球。夏当行星是最好的选择，它是亚诺的孪星，有着和亚诺高度相似的生态环境。"

"早在联盟成立以前，世界各国就签署了禁止开发夏当行星公约。当时各国首脑认为，技术不成熟的情况下开发夏当，会造成夏当资源的不必要浪费。即便技术成熟，同时利用两个星球的资源，也会造成不必要的浪费。当亚诺星球资源枯竭时，所有的亚诺人一起移居夏当，在那儿继续延续我们的文明，这才是最节省资源的方法。联盟已制定了初步计划，正在稳步推进移居夏当的相关实验。"

"未来，我们将移民到夏当行星上，这是一项浩大的工程。在开始这项工程前，我们必须了解现代亚诺人能否适应原始的生态环境。为此，我们打造了喀尔斯岛，模拟夏当行星的原始生态，并安排人到岛上生存，以了解他们的生理、心理变化。哈娜等人，就是基于自愿基础上的随机挑选，参与这项实验。"

"完成这项实验，参与的人会有什么不良后果？"

桑托斯担心起哈娜来。

"那是一个原始的生态环境，没有任何资讯，这对现代人来说是一个挑战。现代社会，我们一整天待在家里，也不会觉得孤单寂寞。我们可以通过网络视频，与人交流，我们可以通过虚拟现实，通过元宇宙，足不出户，娱乐我们的生活。在喀尔斯岛，这些都没有了。简单地说,人就像是待在监狱里,那是十分孤独和寂寞的。他们将面临的最坏结果是在心理上受到冲击,有可能患精神疾病。他们在申请参加这项实验时,我们已经将这些后果告诉他们了。"

餐厅里的所有来宾开始交头接耳,可是都戴着耳机,无法听到相互之间说了什么。

"你们回去后,请一定要保守这个秘密。这是联盟的最高机密。设置为最高机密,是为了他们的健康。研究表明,哈娜他们再返回到现代社会,需要有一个平静的社会环境。如果我们的社会,像迎接英雄一样,大家都来迎接他们的回归,那将给他们带来巨大的伤害。这就像我们救援矿难中的幸存者一样。幸存者从矿井里出来时,由于长时间待在黑暗里,直接面对瑟光,会遭受强烈的刺激,有导致失明的风险。哈娜等人在岛上不一定会疯,直接面对现代社会,难免会疯。"

"请大家放心,只要你们回去后保守这个秘密,社会舆论就是平静的。当他们回家的时候,就不会有民众成群结队地来欢迎他们。联盟会发给你们指导手册,详细告诉你们如何让他们安全地回归现代社会。"

"如果他们在岛上疯了,能治好么?"

有人无不担忧地问道。

"在两年前,我们就做过类似的实验,确实有人疯了。很不幸,有人到现在还没有好。请大家务必理解。联盟会给他一笔丰厚的补偿金,同时,他将享受终身免费医疗。这在协议里面都有明确的约定。"

餐厅的一面墙变成了屏幕,上面一闪而过哈娜他们签署的8个协议封面。

"为了保护各自的隐私,这里不逐页显示协议内容。喀尔斯岛上每个人的协议,都会对应地传输到你们的手机上。你们可以详细了解到协议内容。"

"我们什么时候移居夏当？"

又有人问道。

这是另一个话题，机器人警察默不作声。众人将目光投向雷萨。果然不错，谈着谈着，话题就变了。

"有漫长的路要走。从现有的资源调查来看，亚诺星球可以维持1000年以上。"

雷萨微微一笑。

"二个月后，你们就可以见到亲人了。"

用餐终于结束了。雷萨亲切中透着一份神圣和庄严，与他们再次握手告别。

机器人警察将桑托斯一行8个人分别送上穿梭机。雷萨站在城墙上，看着一架架穿梭机喷射着淡蓝色线状气流，像是被飘舞的流苏裙摆包裹着，消失在夜空中。

雷萨心头升起一丝丝遗憾。两个月后，他们确实可以见到喀尔斯岛上的亲人，但是这些人，不再是正常的人。他们将以精神病患者的状态回到现代社会，没有人会相信他们的所见所闻，秘密必须保守下去。

雷萨回顾了整个接待过程，安排是精心周到的。为了防止他们相互联系，就像安排哈娜到喀尔斯岛一样，都是点对点的运输。穿梭机将桑托斯从鹤泽山的家里直接运送到本格拉城。其他人也是如此。

穿梭机抵达后，建立了一个通道，直接连到隔离室。机器人警察让桑托斯等人赤身裸体地走出穿梭机，在隔离室沐浴更衣。机器人警察向桑托斯等人解释这是规定。为了保证联盟主席的健康，行署里必须绝对无菌。

在会面过程中，桑托斯等人被要求不得相互交谈。他们每个人佩戴了单通道头戴式耳机。这种耳机使得他们听不到相互之间的交谈，只能听到雷萨和机器人警察的讲话。

耳机还可以检测每个人的生理信息，并将这些信息无线传输给生理监测仪。生理监测仪进行分析后也表明所有人都相信了雷萨的话，为了亲人的健康，决心保守心理实验这个秘密。

退一步讲，即便他们不小心泄露了这个秘密，也无关紧要。为了亚诺人登上夏当行星的梦想，联盟确实进行着各项实验，其中也包括现代人在原始生态环境下的心理实验。这类实验将会给亚诺人带来美好的期许，这些美好的期许有利于全社会的平稳安定。

一直以来，这类实验就不是秘密。当前真正的秘密是留给亚诺人的时间并不多了，48年后孛星就会碰撞。在这段时间内，亚诺人必须星际移民。能有多少人移民，哪些人有资格移民，星际移民到哪个星球……这些复杂而又艰巨的工作要想有所建树，迫切需要一个平稳安定的社会环境。为了联盟的延续，为了亚诺文明的延续，为了这个大局，牺牲哈娜等人，这是历史的选择。

雷萨这样安慰着自己。

第三章　赛勒斯大学

鹤泽山的清早弥漫着一缕缕或浓或淡的翠雾，仿佛给哈娜的尖顶小木房披上了一层青纱巾。桑托斯被鸟鸣声惊醒，慵懒地躺在床上，仔细地回忆着本格拉城的一切。

离开本格拉城时，他内心是相信雷萨所说的一切，现在又总有什么地方感觉不对，需要重新整理头绪。

应该问问同行人，不知道他们是不是也像他一样，不再那么相信雷萨的话。可惜整个会谈，他们之间并没有只言片语，更谈不上留下联系方式了。雷萨给他们配备了单通道头戴式耳机，刻意不让他们相互交流。雷萨为什么要这样做？

为了1000年以后的移居，现在做一些探索性的实验研究，再正常不过的事情了。雷萨亲自接见他们，和他们一起共进晚餐，仔细讲解实验的有关情况，这是多么的重视呀。一个探索性的心理实验，有必要这样重视么？

联盟把这个实验确定为绝密事项，按照雷萨的说法是为了实验参与者健康返回现代社会。民众的欢迎，真的会诱发实验参与者的病情么？真的会加剧病情么？

哈娜离开家前往喀尔斯岛，事前没有一点迹象。他每天都有和哈娜联系，他们之间感情很好，几乎无话不谈。按道理，哈娜参加2个月的心理实验，离开家这么久，肯定会告诉他的。哈娜失踪那天，公司也在找她，说明公司也不知道她的去向。这真的是心理实验吗？

第三章　赛勒斯大学

哈娜失联已经两周了，按照雷萨的说法，她得两个月后才能回来，她能回来吗？她回来能是健康正常的吗？桑托斯越想越心烦，再也躺不住了，他翻身起床，在家里来回走动着。他要把家里再认真检查一遍，看一看哈娜有没有留下什么提示。

楼下一无所获，所有的迹象都表明哈娜是临时出门，没有留下任何线索。他来到阁楼。阁楼里除了一台天文望远镜和一只小木凳，别无他物。他坐在木凳上，顺着哈娜的天文望远镜，望着窗外的天空，发了一会儿呆。等回过神来，准备起身下楼时，瞟了一眼天文望远镜。他看见了天文望远镜上的照相机。他打开相机显示屏，发现里面空空如也，没有一张照片。

桑托斯来到楼下，最后环视了一圈屋里，带着相机，关上门，开车去校园了。

经过5个小时的车程，桑托斯终于来到赛勒斯大学旁的出租屋。他和莫妮卡不久前租下了这套两居室的房子。莫妮卡是刚毕业留校的助教，而桑托斯是大二学生。莫妮卡学的是电子工程，而桑托斯学的是生物学。虽然她比他大2岁，认识时间也不长，但是两人很快就成了情侣。这让桑托斯感到很幸福。

一进门，桑托斯喊道：
"莫妮卡，能帮我一个忙吗？"
"你这几天去哪儿了？"
莫妮卡皱着眉。
"我姐失踪了。"
"我以为你也失踪了。"
莫妮卡有些生气。
"别生气，我心里很着急。"
"你心里还有我么？"
莫妮卡仍然不依不饶。
"对不起，这事儿真的很蹊跷。你能帮我吗？"

莫妮卡终于得到了他的道歉，心里舒服了一点。

桑托斯见她不作声，连忙上去拥抱她，想亲吻一下她。

"究竟发生了什么？"

莫妮卡扭身挣脱了他的拥抱，避开了他的亲吻。

"这里面啥都没有，一定是哈娜的习惯。她下载了里面的照片后就会随手删除。你是计算机系的助教，可以帮忙恢复这里面的照片吗？"

桑托斯一边说，一边将手中的相机在莫妮卡面前晃悠。

"我只能试试看。最近的照片，应该可以恢复。"

莫妮卡接过相机，在客厅的书桌上打开了电脑。

桑托斯站在她身后俯身盯着电脑，忍不住问道：

"能找到什么吗？"

"就这些，都是拍摄天体的照片。"

莫妮卡终于还是找到了。哈娜在失踪前，从相机里下载的夏当照片，莫妮卡都恢复出来了，还有照片的日期。

哈娜从相机里下载的天体照片，一定是放到了手机上。他突然想起了德米警长交给他的斜挎包，那里面有哈娜的手机。

"这是哈娜的手机。你能打开它吗？"

桑托斯从自己的行李箱里翻出了哈娜的手机。

"哈娜真的失踪了？"

莫妮卡一直纠结着桑托斯的失联，这会儿才意识到问题的严重性。

"准确地说，是找不到了。只知道她在喀尔斯岛。"

桑托斯便将这几天的经历详细地讲给她听，特别是他与雷萨的会面以及他对雷萨的种种怀疑。

"这需要破译密码。这儿没法弄，我们有一个实验室，那儿可以帮到你。"

"太谢谢你了，亲爱的。"

桑托斯忍不住又要亲吻她，可惜又被她拒绝了。

"先别慌,必须先给你做一个数字孪生。"

"什么数字孪生?"

"你先别多问。"

莫妮卡拿起自己的手机,联系了计算机系的蒂姆教授。不一会儿,一个全息成像的蒂姆教授来到他俩的出租屋里。

"这就是我常给你提起的蒂姆教授。"

莫妮卡是蒂姆教授的助教,桑托斯早有耳闻,这次见到了,不禁有些吃惊,原来蒂姆教授是数字虚拟人呀。在蒂姆教授和莫妮卡的操作下,不一会儿,桑托斯的数字孪生就生成了。

桑托斯看到一个全息成像的桑托斯在房间里走动,不由得目瞪口呆,当他看到莫妮卡的数字孪生后,更是惊讶得下巴都合不拢。

"这是蒂姆教授的数字孪生吗?"

桑托斯指着这个数字虚拟人问莫妮卡。

"是的,我们可以出发了。"

莫妮卡和桑托斯在门口和蒂姆教授的数字孪生道别,然后莫妮卡挽着桑托斯的手,一起出发了。

赛勒斯大学就是一座小型城镇,隐在阿隆索山脉中部的山坳里。赛勒斯大学有着悠久的历史。大学所在的赛勒斯城,也是一个古老的城市。在亚诺历史上,它曾经是世界超级大城市,特别在吉历公元2500年左右时,达到鼎盛时期。赛勒斯城的消亡源于吉历公元3010年的一场8级地震。这场强震让周围脆弱的喀斯特山体纷纷崩落,填埋了大部分的赛勒斯城。赛勒斯大学所处的地势相对较高,幸运地得以保存下来。有时候,当地人也会称赛勒斯大学为赛勒斯城。

悠久的历史必然会产生很多遗址。桑托斯跟随莫妮卡在赛勒斯城郊外的遗址中穿行。很快,他俩就来到了一堵岩壁前,拨开岩壁脚跟处的一块草丛,露出一个防水触摸屏。她点了几下屏幕上的数字,岩壁中便露出一个通道。

桑托斯很惊讶眼前这一幕,站在那儿愣着。莫妮卡扭头看了看他,接着又拉了他一把,桑托斯这才跟随她向通道里走去。同时,莫妮卡再现了他俩的数字孪生,并让它俩原路返回。

长长的通道阴暗潮湿,两个人默默地走着。这是一个单向通道,只能进不能出。当身后的闸门关闭,身前的闸门开启时,眼前豁然开朗,一个圆形的大厅展现在他俩面前。

"雷萨是独裁者!"

在灰暗的大厅中央,一个人站在桌子上,激昂的演讲声吸引一群人围成一圈站在那儿聆听。

桑托斯很吃惊,没有想到这世上,还有人反对雷萨。

"雷萨又不能杀了他们。"

莫妮卡显出无所谓的样子。联盟推崇和平,禁止杀戮。即便犯了滔天大罪,也不会判处死刑。

"他可以监禁他们呀。"

"反对他的人多着呢,都关起来,那不是引起更大的民愤?"

莫妮卡反驳道。

"为什么要反对雷萨?"

那次见面后,桑托斯只是不太喜欢雷萨,但也不至于反对他。

"他实行独裁统治,一切由他说了算,当然要反对啦。"

无论哪种模式,集权也好,民主也好,社会矛盾总是存在的。集权可以实现大一统。大一统有好处,比如,各国军队的统一,不再有战争,没有了军备竞赛,资源也就大大节约了。大一统也有坏处,比如,多样性就不复存在,个性化就无法彰显。长此以往,亚诺普通公民就是统治阶层圈养的牲口,像圈栏里的牛或者羊,是看不出明显的差别。那些想表达自我的普通公民,肯定会反对集权,反对雷萨。

"再说了,我们经常相处,都会有矛盾,这不,你都不理我了。何况雷萨，统治着那么多人，哪能没有矛盾，没有反对？"

莫妮卡借机揶揄桑托斯。

"这儿的人，都是雷萨的反对者吗？"

"凭什么雷萨可以知道我们每一人，而我们却不知道他？凭什么他说的，我们就必须遵照执行？"

莫妮卡有些不屑一顾。

"确实不公平啊。"

桑托斯附和着。

"这儿的人，只是想要另一生活方式。一种言论不被管控、行为不被监视的生活。"

莫妮卡带着桑托斯来到实验室门口，伸手贴在感应区，不一会儿，实验室的铁门自动打开。他俩走进实验室，只见迎面是一个主屏幕，旁边是一大堆乱七八糟的机器。他和一个实验员交代了几句，并将哈娜的手机递给了他。不一会儿，实验员从里间出来，和莫妮卡说了几句，并把哈娜手机还给了他。

"他们把开机密码破解了。你不会介意吧。"莫妮卡看着桑托斯。

"不会的。"

桑托斯想尽办法要找到哈娜，她的手机正好是线索，就是要破解开机密码。看看她手机里有些什么，说不定能找到蛛丝马迹。

莫妮卡把哈娜的手机递给了桑托斯。手机破解后不再需要密码了，任何人都可以看手机里的内容。

哈娜手机里确实有失踪前一天，她从相机上下载的夏当照片，但是没有在TNR上发布。桑托斯早就关注了哈娜的更新。从周日起，她在TNR上就再也没有更新了。

"哈娜应该会发布照片呀。"

桑托斯知道，每次哈娜拍了天体照片，都会及时发布的。哈娜是周日中午下载的照片，周一早上才去警察局，应该有足够的时间完成发布。这次没有发布，感觉很奇怪。难道这和哈娜的失踪有关么。

"我们就查查喀尔斯岛吧，找到这个岛，我们去一趟，岂不是一切就明白了？"

莫妮卡自信地说。

"哈娜已经失踪两周了，是要赶紧找到她。你有办法么？"

"我带你见蒂姆教授本人，他或许能帮上你。"

莫妮卡环顾了一下四周，确定了方向，拔腿就走，边走边说："跟上我，地下城是个迷宫，初来的人很容易迷路。"

桑托斯这是第一次来这里，一边紧跟着莫妮卡，一边观察着街道上各色各样的人们。他不禁感叹这儿确实是充满个性的地方，甚至都有听不懂的语言。

桑托斯在赛勒斯大学生活了两年，如果不是莫妮卡，可能永远不知道，在这所大学脚下，居然存在着如此庞大、繁荣的地下城。这就好比人们在浏览互联网的时候，还存在着一个暗网。联盟统治的亚诺社会里，还存在着赛勒斯地下城这个暗社会。桑托斯不禁好奇这个暗社会存在这么久，能让联盟一直蒙在鼓里，这是如何做到的？

"联盟不会取缔这儿么？"

桑托斯跟在莫妮卡身后问道。

"以前联盟不知道这儿。现在雷萨不好说，他也许知道这儿吧。但是我们会知道他是不是知道。"

"这是什么意思？"

"也就是说，他的系统一旦侦测到这儿，我们会马上知道，并做出假象，蒙蔽他！"

他们来到了一个洞口前，铜大门紧闭着，封住了洞口。莫妮卡在门口的键盘上按了几个数字，门便徐徐打开。一个看上去50岁左右、长着络腮胡须的中年男人微笑着和莫妮卡、桑托斯打着招呼。

之前，三个人的数字孪生都曾在出租屋里见过面，大家自然相互都认识。三个人拥抱寒暄后，莫妮卡说明了来意。

桑托斯现在才明白，找蒂姆帮忙，其实就是要进入雷萨的网络系统，了解喀尔斯岛的具体方位。

看着桑托斯难以置信的神态，蒂姆笑着说："雷萨依靠魔方A、K、Q、J来控制整个亚诺社会，看上去坚不可摧，但是在我看来，只要是计算机系统，就没有秘密而言。"

"您的意思，您可以进入他的魔方系统？"

桑托斯还是不相信。

"我不需要进入他的系统。他的系统只要运行，就必然会与外界交换信息。通过外界信息的变化，就可以判断雷萨的意图。"

"这靠谱吗？"

桑托斯怀疑地脱口而出，随即又感觉这话说得有些不够礼貌，腼腆地笑了笑。

"八九不离十。会有参考价值的。"

蒂姆毫不介意他的怀疑。

"我们现在就可以开始了吗？"

莫妮卡问道。

"可以，把你们的情况先说一说。"

蒂姆望着他们，摊摊手。

有关哈娜可查询的行踪，桑托斯在德米那儿看到过，那段元宇宙播放到前往喀尔斯岛的海边栈道上便终结了，以后的事情无从知晓。蒂姆在屏幕前一通操作，警长德米播放给桑托斯观看的元宇宙，便再次完整地展现出来。桑托斯有些佩服蒂姆了，能够从警察局里获得影像资料，也是不错的本领。

"快艇在海面下行驶，所以视频资料没法获取。卫星上的摄像头是无法拍出水下情景的。"

蒂姆看着这段元宇宙，做出的解释和德米警长一模一样。

"这些我都看过。还能更进一步吗？"

桑托斯忍不住问道。

"这是重要线索。我们当然需要更进一步。"

蒂姆显得很有想法。

"你的计算机系统比魔方系统强吗？"

桑托斯尽管有些佩服蒂姆教授，但是仍不看好他的计算机系统。

"我的翠鸟系统，在算力和存储方面，都不如魔方系统，但是它也很能干。"

蒂姆教授满脸的自豪。他的计算机系统被称为"翠鸟"系统。

雷萨的魔方Q监控着全球能源生产与消耗，这意味着监控了整个物联网。一辆车行驶了一段路，一台机器生产了一个零件，反应釜生产了一批化学中间体……任何生产资料的生产和运输，都离不开能源，雷萨通过能源的监管，可以掌控所有的生产与生活。

进入魔方Q的内部确实很困难，但是监测它的终端便相对容易。那些分布在世界各地的加油站，它们的输入与输出数据，是相对容易获取的。那些分布在世界各地的交通运输工具，它们的输入与输出数据，也是相对容易获取的。

翠鸟系统获取了这些数据，仔细分析了运送哈娜警车的历史数据，也仔细分析了栈道上运送哈娜快艇的历史数据，很快给出了答案。

翠鸟系统已经找到了哈娜上快艇的那个栈道地点，并将它标在电子地图上，并以此为圆心，画了一个圆。接着确定了快艇的返回地点，并以返回地点为圆心，又画了一个圆。翠鸟系统的屏幕上显示着两个圆的交点，蒂姆指着电子地图上的交点说：

"这就应该是喀尔斯岛了。"

屏幕上显示，这个交点处在北纬39°24′，东经98°33′。这个数据与岛上考伯特计算的数据是一致的。

望着茫茫海洋中的这个交点,莫妮卡质疑地问道:
"这儿没有岛屿呀,只是一片海洋。"
她边说着,边放大电子地图,始终是一片海洋,没有任何岛屿。
"也许哈娜在这儿沉没了?"
蒂姆摇着头,表现得不可思议。
"根本就没有喀尔斯岛。哈娜一定消失了。"
莫妮卡也觉得这是合理的解释。
"不可能,雷萨信誓旦旦地说,我们会见到他们的。"桑托斯反驳道。
"他们?什么意思?"
"岛上的还有其他人。应该另有7个人在岛上吧。"
"你了解其他人么?"
"雷萨让我们不能相互交流,我不知道其他人在岛上的亲人是谁。"
桑托斯讲述了他和雷萨会面的所有细节。
蒂姆听完后,感觉事情很蹊跷,似乎隐藏着很大的秘密。看来喀尔斯岛是存在的,他决定弄清楚它究竟在哪儿。
"你们先回去吧,有进展我会通知你们的。"

从赛勒斯地下城的出口一现身,桑托斯和莫妮卡的数字孪生就分别和他俩重合,接着就消失了。在回家的路上,桑托斯忍不住问道:
"这个数字孪生有什么用?是不是去地下城,必须要有它?"
"如果你要频繁进出地下城,或者长期生活在那儿,你必须要有一个数字孪生。它会摆脱魔方系统无时无刻不在的监视,会让你感到由衷地自由。"
莫妮卡停顿了一下,继续解释道:
"你有了数字孪生,你就有了另一个自己。它可以代替你在亚诺社会里生活。它不需要很多能量，比如，它就不需要吃饭。这让你的能量消耗量不会因为有了它，有明显的增加。魔方Q就不会感知到有两个一样的你在这世上。即使你在地下城大吃大喝，它也以为你是在家里大吃大喝。我们每一个在地下城生活的人，都在亚诺社会里有一个数字孪生。"

"难怪你要给我生成一个数字孪生的，原来是怕魔方系统察觉。"

桑托斯恍然大悟。

"当然！联盟主席雷萨见了你后，肯定会对你密切监视，会随时掌握你的行动。没有数字孪生，当你在地下城里活动时，站在魔方系统的角度，它会认为你突然消失了。那就会引起雷萨的深入调查，这可不是什么好事，你懂的。"

莫妮卡说得没错，如果引起雷萨的高度关注，那他也会像哈娜一样突然失踪，说不定还会暴露地下城。为了不被雷萨盯上，莫妮卡特意让他俩的数字孪生从地下城的进口处原路返回，又让它俩在地下城的出口处等着。对于魔方系统来说，便以为桑托斯和莫妮卡从家里出来在外走了一段路，又返回家里。桑托斯暗暗佩服莫妮卡，毕竟是学理工科的，行事果然缜密。

"你可不许用数字孪生对付我，和我玩消失。"

莫妮卡挽着桑托斯的手，娇嗔地告诫他。这一刹那，又让桑托斯感觉眼前的女朋友又是一个感性的、多情的女人。

一进家门，桑托斯反手将房门关上，接着从身后紧紧抱着莫妮卡。这一次，莫妮卡没有挣脱，而且扭过头来，热切地和他亲吻起来。

第二天早上，蒂姆打来电话，让莫妮卡和桑托斯赶紧去赛勒斯地下城见他。一个小时后，看到他俩手牵手走来，蒂姆停下手中的活儿。

"据我分析，喀尔斯岛是一个会漂移的人工岛。"

"那它现在在哪儿?"

"按照它的移动速度,以及两周的时间计算,它现在应该在达拉尔大洋的北回归线附近。从东西向来看,应该在大洋的中间位置。"

莫妮卡好奇地问:

"你怎么知道的?"

"我拦截了五个同步轨道卫星的图像数据,通过比对分析,确定了喀尔斯岛的位置。"

"相信我,肯定是它没错了。我做了大量的比对分析,错不了。"

蒂姆看来熬了一个通宵,不停地打着哈欠。

"就目前掌握的信息来看,喀尔斯岛的水下部分主要是由核动力航母构成。有一艘货船作为它的补给船,每周货船停靠航母一次,补给航母必要的物资,也包括岛上的生活物资。整个岛,无论水上还是水下部分,包括补给货船,全部都是无人化运行,都是机器人在工作,可以看得出来,雷萨把这个岛定为最高机密。"

蒂姆最后总结道。

"我们能去喀尔斯岛么?"

莫妮卡和桑托斯异口同声地问道。

"很难呀。"

蒂姆低沉地嘟噜着。

要在达拉尔大洋找到一座漂移的小岛,必须要有一艘船。生产一艘船要消耗大量能源,魔方Q肯定会知道的。

航行所要的燃油、导航设备、通信设备、生活物质等,这些都被雷萨掌控着。亚诺社会科学技术高度发达,生产效率高,商品运输快,供需信息对称,雷萨实行的是典型的计划经济。魔方A能够汇集每个人的商品需求,及时传输给魔方Q,魔方Q进行最优化的能源配置,通过精准的生产与敏捷的运输,迅速地送达到每个人的手上,有需立即有供,不存在供不应求,也不存在供过于求,价格没有波动。市场这只看不见的手,真的看不见了。

桑托斯现在深刻体会到在亚诺社会里,人是不可能做出什么出格的事情。人好比宠物一样,只要放弃自主性,甘心听从主人摆布,就可以享受着安逸的生活。他和哈娜不都是这样的么?哈娜除了上班,就是回家看书听音乐,或者逛逛街,一切都在联盟规定的范围内行事,从不做出格的事,生活也很安逸。想到哈娜,桑托斯不禁自问她究竟做了什么出格的事情,以至于雷萨把她秘密地送到喀尔斯岛上?已经隔绝了两个礼拜了,估计哈娜的情况不太好。不能再拖延了,必须尽快找到她。桑托斯正在焚心似火地想着,蒂姆走过来,轻声宽慰道:

"你去找一个人,或许他可以帮你。"

阿隆索山脉自北向南延绵9000千米,中部山脉向东突出,伸进达拉尔大洋。从太空中看阿隆索山脉,它就像放在亚诺行星上的一张弓。阿隆索山脉中部的喀斯特地貌造就了很多地下河,这些地下河在赛勒斯地下城里星罗棋布,形成了错综复杂的水路交通网络,这些地下河最终直通达拉尔大洋。

在一条地下河上,停着一艘全密封、鲸鱼形、钛合金外壳的船艇。蒂姆与身旁体型修长健硕的男子握了握手,躬了躬身。

"戴夫船长,他俩就托付给您了。"

"别担心,我会把他们带回来的。"

戴夫说完,从张开的鱼嘴里走进船舱。鱼嘴慢慢关闭后,慢慢沉入河里。桑托斯仔细看了看戴夫船长,年龄三十多岁,显得沉着冷静,精力充沛,给人一种踏实感,是一位值得信赖的人。

戴夫的船是一艘核潜艇。早在联盟成立以前,因为躲避敌国的追踪,这艘核潜艇冒险驶入了赛勒斯地下河中。错综复杂的地下河水系让核潜艇迷失了方向。船上的人直到饿死也没有走出这个迷宫。戴夫从小就在地下城玩耍,对地下河了如指掌。在一次偶然的洞穴潜泳中,戴夫发现了这艘沉睡了200多年的核潜艇。

好在潜艇上还有剩余的核燃料，核反应堆还可以工作，这让戴夫有了很大的兴趣。他有独立于雷萨掌控之外的能源可以利用，他可以对核潜艇进行任意改装，他还可以驾驶着它在赛勒斯地下河里游来游去，享受着一份得意。这是一份无拘无束、不受雷萨掌控的得意。

听到桑托斯的来意，戴夫船长起初是有些犹豫的。这艘核潜艇在赛勒斯地下河里开来开去，是不容易暴露的。如果开进达拉尔大洋，那就很难说了。即便天上的卫星发现不了，海里的声呐系统，海岸边的超声CT系统，也很容易发现他的踪迹。

"如果雷萨始终不知道你的存在，那又有什么意义？"

蒂姆忍不住揶揄道。

这句话点燃了戴夫内心的反叛，即便有高超的技术体系来约束人的行为，但是自由航行是人最基本的权利。戴夫要让雷萨明白，有很多人愿意为追求自由而付出一切，即便有再高超的技术来束缚，人总归有办法去追求他的自由。

戴夫很快召集了6名船员，其中4男2女，加上桑托斯和莫妮卡，一共9人。船上的人都为即将到来的海上航行感到万分激动。

核潜艇沿着弯弯曲曲的地下河，小心翼翼地走了一整夜，凭着戴夫船长对地下河的娴熟，核潜艇终于走出了阿隆索山脉，投入到达拉尔大洋的怀抱。

戴夫把核潜艇升上了海面。此时，吉瑟正从海平面升起，放射着万道霞光，仿佛要为戴夫船长引航似的。相比较地下城的阴暗，大家都陶醉在明媚亮丽、波澜壮阔的海上日出美景中。桑托斯的心胸顿时开阔了许多，一扫多日来牵挂哈娜而产生的心理阴霾。

突然，莫妮卡指着吉瑟说：

"好像有穿梭机。"

大家都警惕地看向吉瑟。耀眼的瑟光不容人直视，大家虽然没有看到穿梭机，但是它特有的"嗖嗖嗖"声已经清晰可闻。

戴夫非常吃惊，雷萨的魔方 A 和魔方 K 确实强大，仅仅 30 分钟的海上航行，就被侦测出来，并立即出动穿梭机进行跟踪。

穿梭机背对着吉瑟向核潜艇飞行，隐藏在耀眼夺目的瑟光中，确实很难看到它的身影，等到发现时，不是一架，而是两架穿梭机！它们在戴夫头上盘旋了一会儿便向阿隆索山脉飞去。戴夫则指挥着大家到船舱里去。不一会儿，核潜艇下沉到海面以下 50 米的深度。戴夫看了一眼潜望镜，然后大声说，向南全速前进。

戴夫心里还是不甘心。正如他所料，只要把船开出地下河，雷萨就一定可以察觉到。现在虽然被发现了，他还是打算硬着头皮航行一段，想看看雷萨有什么办法能够阻止他的航行。派军舰击沉他么？这是不可以的。自从联盟成立以来，一直将和平作为使命，从不用军事力量来解决矛盾。也正是基于这样的和平理念，亚诺社会才达成共识，取消国家的存在，都纳入到联盟统一管理。想到雷萨不会用武器击沉他，戴夫显得很轻松。

喀尔斯岛在不停地移动，不过移动的速度比较慢，又有了喀尔斯岛的定位，搜寻起来应该比较容易。出发前，蒂姆也向戴夫介绍了喀尔斯岛的构造。它是由两艘封存的航母作为基层搭建而成。蒂姆甚至帮戴夫找到了这两艘航母的渊源，它们在联盟成立前都是某个国家的主力航母，但不知道什么时候，被雷萨改成了岛屿。蒂姆还提供了两艘航母航行时的噪音特征参数。

"你就根据这个特征参数，搜寻喀尔斯岛吧。"

蒂姆把喀尔斯岛的相关材料递给他。

"那不是大海捞针吗？"

戴夫皱了皱眉。

"不会，你船上的声呐探测器灵敏度高得很，喀尔斯岛只要是在漂移，那就意味着它底下的核反应堆在工作，它的螺旋桨就一定在旋转，不同螺旋桨的旋转，就会产生不同的噪音，每个噪音都有它的特征,用声呐跟踪这种噪音,就一定可以找得到它。所以,只要它在漂移,你反而更容易找得到它。"

事情确实如此。戴夫在海面上继续航行了一个小时,声呐探测器就发现了喀尔斯岛的踪迹。戴夫看了看仪表盘,对大家命令道:

"还有三个小时,我们将抵达喀尔斯岛,请大家做好准备。"

其实,除了桑托斯,没有人需要做好准备。这趟旅行,就是帮助桑托斯找到他的姐姐哈娜。

岛上的人愿不愿意上核潜艇,还不好说。正如雷萨所说,如果他们真的是在参加实验,戴夫的这趟旅行岂不是明显的是破坏行动。与世隔绝了快三周了,岛上的人如何了?神智还清醒么?会不会有暴力袭击事件发生?这些都不好说。

戴夫建议桑托斯,核潜艇抵达喀尔斯岛后,别忙着登岛,应该先观察一番后,再带上必要的防身武器,这样上岛比较安全。

桑托斯的左眼一直在潜望镜目镜里。

"我看见了一艘游轮,水晶号游轮。"

"是真的么?让我看看。"

莫妮卡把桑托斯扒拉到一旁,眯着右眼观察起来。

"戴夫,我们好像跟错了目标。"

为大众提供旅游度假服务的游轮,一般会沿着海岸线航行,这样可以保证一到两天之内停泊一个港口,让游客下船游览港口附近的风景名胜区。这种在海上休养一两天,再到陆地游玩两天的度假方式,很受中老年人欢迎,也很受新婚燕尔的情侣们欢迎。喀尔斯岛为了营造与世隔绝的原始环境,一直是远离大陆沿岸,在达拉尔大洋深处漂移。此时此刻,戴夫的核潜艇遇上水晶号游轮,意味着他们还在近海地区,并不在达拉尔大洋的某个深处。

戴夫也意识到了这一问题,急忙将核潜艇浮出海面。远处游轮的翼形甲板上晒瑟光的游客们也发现了他们,朝着他们挥手示意。戴夫仔细检查了声呐探测器，没有发现任何异常。仪器明白无误地显示喀尔斯岛就在前方500米。戴夫思考了一会儿，发射了一枚自动巡航的浮标，以核潜艇为圆心，600米为半径的圆内，浮标进行了地毯式巡航。半个小时后报告结果显示，在核潜艇的前方，确实存在一艘无人驾驶小艇。正是它在发送伪噪音，诱导戴夫的核潜艇渐渐驶向大陆沿岸的港口。

还有10分钟，无人驾驶小艇就会将戴夫的核潜艇引导到兰登港停泊。戴夫握着桑托斯的手，脸上露出了抱歉的神情。

"没有办法。雷萨的穿梭机发现我们后，就一定会知道我们正向着喀尔斯岛行驶。他在中途派出了无人驾驶小艇，小艇上发射出和喀尔斯岛一模一样的噪音特征参数，成功地欺骗了我们。既然这样了，我只能跟着它航行到这个港口，终结我们的旅行。"

"虽然没有成功，还是非常感谢你的帮助。"

桑托斯紧紧拥抱了一下戴夫。

"你们现在就潜泳上岸吧。欢迎你们有机会再次乘坐我的核潜艇。"

戴夫的前半句话让桑托斯有些错愕。

"戴夫说得没错，我们的数字孪生还在赛勒斯大学。兰登港口的联盟警察正等着船上的人上岸，我俩必须先走，不能被他们发现，特别是你。如果被他们发现了，雷萨会确信无疑，这艘船确实是去喀尔斯岛，那大家都会有麻烦。"

桑托斯听了莫妮卡这么一说，也不住地点头。戴夫让他们穿上潜水服，带上氧气瓶，先行离开。

他俩在水下游了半个小时，在兰登港口偏僻处上了岸。莫妮卡给蒂姆打了电话。蒂姆让司机开车将莫妮卡和桑托斯的数字孪生接上，然后来到约定地点附近的一个隐蔽位置，桑托斯和莫妮卡与他俩的数字孪生重合，再坐进车里返回赛勒斯大学。

"办法还是有的，你别灰心。"

莫妮卡偎依在桑托斯的怀里，试图宽慰桑托斯。

"我感觉无能为力了。"

桑托斯表现得还是很泄气。

"雷萨有可能知道我的动机了,他会更加密切监视我的一言一行。"

"戴夫船长肯定会应付联盟那帮警察,绝对不会说出我们的。有了数学孪生,雷萨会认为我们这会儿才到兰登港口,根本不会将你和戴夫关联,你就放心好了。"

莫妮卡为他打造的数字孪生,能在关键时刻发挥作用,这让她感到很得意。

现在看来,没有雷萨的批准,寻找哈娜是很难的一件事情。亚诺社会是一个高度数字化的社会,这也意味着世界上的每一件事情,每一个人,都可以通过数字化进行标识。雷萨拥有着整个亚诺社会的所有数据,他可以了解一切,他可以掌控一切……他可以像神一样的存在。桑托斯想到这儿,心里不免有些不寒而栗。

"你对雷萨有什么看法?"

桑托斯看了一眼莫妮卡,又扭头看着车窗外的风景。

"我反对雷萨。他让我没有任何隐私。没有隐私就没有安全感。我会觉得自己是一只暴露在猎人面前的猎物,而我却不知道猎人身在何处。隐藏在树林里的猎人,随时都可以对我一枪毙命。想想这样的境遇,我就感到害怕。"

莫妮卡不自觉地紧紧偎依在桑托斯的怀里。

"你仔细体会一下,如果让你赤身裸体在陌生人面前,会是什么感觉?"

莫妮卡仿佛真的赤身裸体在陌生人面前,脸上流露出一种尴尬、羞耻、无地自容、焦虑不安的复杂情感。

"这要怪技术太发达了。"

桑托斯认为,技术让一切都暴露在光天化日之下。

"技术是把双刃剑,不要责怪它。技术的进步,为什么就掌握到雷萨手里了？"

莫妮卡从桑托斯的怀里立起了身，歪着头想了想。

"也许根源在于权力。雷萨有了权力，就会掌握资源，有了资源，就能开发新技术，拥有新技术。一旦拥有，它就会为雷萨赋能，让他更强大，让他拥有更多的权力，掌握更多的资源。这两者相辅相成，让他像神一般无所不知、无所不能。"

莫妮卡的自问自答，让桑托斯深有同感，本格拉城先进的魔方系统，让雷萨无所不能，也让雷萨权力无边。

"雷萨再强大，我也要找到哈娜。"

年轻人不服输的个性，让桑托斯更加执着。汽车穿过一条隧道，终于将他们带回到了赛勒斯大学。

第四章　特梅尔大平原

"别灰心，我们再想其他办法。"

蒂姆一见到桑托斯，连忙安慰着他。不安慰还好，这么一安慰，让他感到一时半会儿还没有更好的办法。

"你们为什么要帮我？"

桑托斯不由地将心中无处发泄的怒火，喷向蒂姆和莫妮卡，仿佛在说，要你们有何用！

"我们才不是帮你！我们也想知道雷萨的秘密。"

莫妮卡被他激怒了，没想到他居然这么自私，根本就不顾及别人的感受。

"为了让地下城得以自由存在，我们必须了解雷萨。"

蒂姆语气很平静，并不介意桑托斯的无礼。

哈娜的失踪，很有可能是雷萨试图隐藏一个天大的秘密。寻找哈娜，了解她在失踪前究竟做了什么，就可以找到雷萨的秘密。也许，这个秘密关切着每一个人。

"我们是在寻找真相。也许，这是每个亚诺人有权利知道的真相。"

莫妮卡继续表明，她才不是在帮他找哈娜，她有更崇高的使命。

"真的还有办法，桑托斯，别气馁。"

蒂姆眼睛紧盯着桑托斯。桑托斯迎着蒂姆的目光对视，慢慢地低下了头，心情也平静下来。

"我们这次出海行动，草率大意了，安排得不够精密周到，暴露了戴夫、莫妮卡和我。打草惊蛇，雷萨可能会盯紧我们了，以后的行动只怕更加难了。"

"莫妮卡，现在就去聪达公司。"

蒂姆没有理睬桑托斯的悲观，语气里好像富含有更深远的打算。

阿隆索山脉向西，便是特梅尔大平原。它整体上近似于正方形。它的南北向长度正好与阿隆索山脉南北向长度相当，大约在9000千米左右。东西长度9500千米，一直延伸到亚诺行星的第二大洋——卡姆洛大洋。

特梅尔大平原平均海拔700米左右。这个海拔高度从东边的阿隆索山脉向西一直保持8000千米。在离海岸线1500千米处，特梅尔大平原开始逐渐下降高度，直至一头扎进卡姆洛大洋里。

特梅尔大平原在东西8000千米，南北5000千米的范围内，异常的平坦。它曾是亚诺行星最大的牧场，也是亚诺文化最大的广场。随着科学技术的进步，机械与电子时代的到来，特梅尔大平原上工厂林立，绿油油的草地逐渐变成了白闪闪的水泥地和黑乎乎的柏油路，游牧式的生活、生产与文化，很快就消失得无影无踪。历史进入到联盟时代以后，原本的跨国企业，放飞了翅膀，产业垂直整合与横向整合加速推进，全球的企业都在特梅尔大平原上扎根，这使得特梅尔大平原成为全球最大的，也是唯一的制造业中心。相应地，全球100多亿人口中，有70亿人口居住在特梅尔大平原上。

莫妮卡辞去了赛勒斯大学助教工作，来到了特梅尔大平原上一家名叫"聪达"的机器人公司。蒂姆曾为聪达公司提供过很好的技术指导，赢得了公司总经理的高度认可。在蒂姆的推荐下，莫妮卡应聘成功，成为这家公司的一名职员。

在机器人出厂检测环节，公司安排莫妮卡进行核验工作，如

第四章 特梅尔大平原

果自动检测数据和人工检测数据一致，则予以放行，否则，要重复自动检测。

莫妮卡经过三天的工作，便已经掌握了整个公司的运行情况。聪达公司一方面生产机器人警察，供联盟使用，另一方面也需要开展售后服务，负责机器人警察的维修。无论是新机器人，还是返修机器人，都需要经过莫妮卡核验一致后放行。

蒂姆的翠鸟系统虽然没有雷萨的魔方系统功能强大，数据齐全，但是威力也不容小觑。相对于魔方系统那种中心化结构，翠鸟系统采取非中心化结构，不需要高体量的能源保障，也不容易被赶尽杀绝，更重要的是它可以独辟蹊径找到关键的信息。

翠鸟系统很快就帮助蒂姆确定了喀尔斯岛上的机器人警察轮换。就在戴夫出海行动期间，蒂姆就掌握了喀尔斯岛上的机器人警察相关信息。蒂姆对桑托斯说的"有办法"，并不仅仅是一句安慰话，其实是有可行的方案。

有预谋的行动，必然会等来机会。莫妮卡终于等来了喀尔斯岛上的机器人警察。机器人警察双手上举，吊在桁架上，左臂胳肢窝上的编号表明，这台机器人警察即将经过她的复核后，前往喀尔斯岛。

在第四周的周二，桑托斯在出租屋里见到了莫妮卡。

"你怎么回来了？"

桑托斯很诧异。

莫妮卡内心里没有原谅他，不想理他。他对蒂姆和她的发火，是不成熟的表现，也是自私的表现。她有些厌烦他了。

"什么时候机器人警察能为我们工作？"

桑托斯无所谓莫妮卡的沉默。

"备份功能会在机器人警察上岛以后启动。"

莫妮卡利用核验时机，将蒂姆开发的程序安装在机器人警察身上。莫妮卡将这个机器人警察称为"阿尔法"。"阿尔法"上岛之后，会将它的感知和行动，也就是所看到的、所听到的、所触摸到的，还有所收到的命令和所执行的行动，将所有这些进行备份。莫妮卡在阿尔法的存储空间中扩展了一个隐藏存储空间，能够备份3个月的信息量。为了尽可能地避免魔方系统察觉，"阿尔法"会在上岛之后开始备份工作，而且只进行本地备份，不进行实时上传。

"那你应该继续待在聪达公司，直到'阿尔法'返修，你才可以取出备份呀。"

"那我需要再工作10周，太枯燥了。"

虽然喀尔斯岛每周都有一次补给，但是每台机器人警察的轮换周期在10周左右。莫妮卡不愿意等它回来。

"那如何取得备份？"桑托斯问道。

"蒂姆自有安排。"

莫妮卡回到房间，关上门，倒头就睡，把桑托斯留在客厅里。

就在莫妮卡倒头睡去的时候，"阿尔法"按照聪达公司的安排，启程前往兰登港口，在兰登港口乘船前往喀尔斯岛。

当"阿尔法"走出聪达公司门口时，一辆警车正等着它。它和同样是机器人警察的驾驶员核对了口令，便坐了上去。

警车在特梅尔大平原上穿行。所有的道路要么呈笔直的东西向，要么呈笔直的南北向。这些相互垂直的道路，规范地将大草原切割成无数个大大小小的矩形。每一个矩形就是一个工厂、一座仓库、一家商店或者旅馆、一栋住宅楼……世界上所有的产品在这些矩形里制造，世界上70%的人口在这些矩形里生活。"阿尔法"看着车窗外一闪而过的矩形，眼神里没有内容。

两个小时后，警车驶出了特梅尔大平原，驶进阿隆索山脉南部和中部之间的一条峡谷。警车在峡谷里蜿蜒穿行，最后走出峡谷，来到了兰登港。纳兰尼号运输船正停泊在港口，各色各样的机器人正迈步向船舱里走去。"阿尔法"下了警车，走进船舱，找到自己的舱位。一根金属杆在舱壁上凸起，"阿尔法"转个身，背对着它，打开后背的插口，将自己插了上去。金属杆将"阿尔法"微微抬起离地，再徐徐地往回缩，直到"阿尔法"紧紧贴着舱壁。

当吉瑟恒星从海平面升起时，纳兰尼号运输船已经完成了2000名机器人的装载任务。港口工作人员做完核验工作后，按下确认键，纳兰尼号随即长长地鸣了一声笛，慢慢沉入海里，启程向喀尔斯岛进发。

联盟时代的海上运输，准确地说，应称为海下运输。所有船舶都是全密封的，在海面下航行。即便像游轮这样的船舶，也同样是全密封的，也同样是在海面下航行。游客们通过全景增强虚拟现实技术，领略海上的风光，甚至包括海风的吹拂和海风的味道。当游轮要临近港口停泊时，才会浮出海面，仿佛一只巨大的鲸鱼。当游轮完全露出海面时，背部的两片船壳对称外翻，就像张开的双翼。游客们可以从船舱里出来，站在双翼甲板上，等待着游轮靠岸后下船。

在海面下运输能够大大减少能源的消耗。船体全身密封在海水里，完全没有了空气阻力。船体还可以设计成像鱼一样的流线型，外表面可以非常光滑流畅，这就进一步减少了海水的阻力。根据海面浪涌的高度，可以调整海下航行的深度，避免遭遇海浪的剧烈颠簸。同时，船体都有姿态自适应系统，能够及时灵敏地感知船体平稳性并做出调整，保证船体在波涛汹涌的大海中，即便是高速行驶，也能平稳得像静止一般。

纳兰尼号运输船载着2000名机器人在海面下10米的深度向着喀尔斯岛驶去。整只船上没有一个工作人员，完全是无人驾驶。涉及喀尔斯岛的工作，雷萨将它切割成一个片段一个片段，所有参与的人，只能接触其中一个工作片段。兰登港口工作人员的核验工作，也只是让他知道纳兰尼号运输船装载2000名机器人，仅此而已，其他的一切都不得而知。

在聪达公司，工作人员也只是对"阿尔法"进行出厂检测，并不知道"阿尔法"的去向。莫妮卡也只是因为翠鸟系统的情报分析，才知道"阿尔法"的去向是喀尔斯岛。她对于其他机器人警察，同样也不知道它们的去向。如果所有人都只知道事情的片段，那就意味着所有人都不知道事情的真相。

联盟成立时，全世界共有203艘航空母舰。为了封存这些航母，联盟在卡姆洛大洋西岸的群岛上修建了一批港湾。所有的航空母舰都停泊在那儿。雷萨从这些航母中挑选了帕奎号和诺格号两艘超大型的航母，它们的长度均达到680米左右，宽度有150米左右，高度130米左右，吃水深度120米左右。

正如博格所猜测的，雷萨用航空母舰建造了喀尔斯岛。喀尔斯岛就像一艘巨型的双体平板船。这两艘航母就是平板船的双体，齐头齐尾，间隔50米。两者之间，用35根高强度钛钢合金箱梁相连接。每根箱梁是一个长方体：横截面为20米×20米的正方形，长为50米。正中间的10根箱梁里，各有一个边长10米的正方形通道，方便两个航母之间通行。这些箱梁与航母甲板构成了一个长700米、宽350米、面积约为0.25平方千米的长方形，上面铺满钢板，这便是双体平板船的甲板，也就是喀尔斯岛的岛面基层。

甲板上去掉两艘航母的舰桥，铺上岩石与泥土，种上灌木丛，形成看似天然的岛面，再用钢筋、水泥和岩石构成悬崖峭壁，遮住露出海面的船舷。经过这样的改造，巨型双体帆船变成了海面上一座有着悬崖峭壁，长满灌木丛，面积约为0.25平方千米的喀尔斯岛了。

纳兰尼号运输船终于抵达喀尔斯岛。它的头部圆盘慢慢贴住了水下帕奎号航母的头部圆盘。当两个圆盘的防水密封环紧密贴合时，它俩的内径打开，两只船的运输通道建立。

纳兰尼号的2000名机器人从休眠中醒来，一排排绿色眼睛依次亮起，机器人开始从金属杆上挣脱出来，有条不紊地向帕奎号航母走去。"阿尔法"来到航母上的指定机位，正式开始岛上的看管工作。同时,莫妮卡给它安装的备份程序,也正式启动。

雷萨为哈娜等8名流放者安排了3个机器人警察,它们轮流在岛面上为流放者们服务。哈娜和沙玛的行动,曾让一个机器人警察跳海,雷萨不得不为此再安排一个机器人警察。

蒂姆和莫妮卡就是借着这个机会,在聪达公司改装"阿尔法",使它能够从事两个主题的工作。第一个主题是雷萨的指令,让它从事看管工作。第二个主题是蒂姆的指令,让它从事备份工作。这份备份工作,将"阿尔法"变成了卧底。蒂姆和莫妮卡将通过它的眼睛,了解喀尔斯岛的一切。

学校放寒假了,桑托斯回到鹤泽山的家中。他可以利用这段假期,专心寻找哈娜。桑托斯现在感到深深地无助。指望蒂姆和莫妮卡是不切实际的。"阿尔法"作为卧底深入喀尔斯岛内部,本是很好的计划。可惜的是,蒂姆并不能保持与"阿尔法"的即时联系,必须等到"阿尔法"返回聪达公司才能了解哈娜的情况。蒂姆的计划并不是要寻找哈娜,他们要寻找的是雷萨的秘密。哈娜在他们眼里,只不过是一条线索而已。

离开本格拉城时,雷萨承诺两个月后将哈娜送回。能够平安送回吗?在与雷萨会面期间,他的机器人警察曾经说过,这类实验参与者,有疯掉的可能。

桑托斯想到这儿,内心更加不安起来。越早找到哈娜越好。雷萨如果是在保守重大秘密,心理实验不过是幌子而已。他答应送回哈娜,注定会送回来一个神志不清、神经错乱的哈娜。

不知道哈娜现在还好吗?要找到她,就得找到喀尔斯岛。必须要有一艘船。戴夫的船还能用么?他能帮我么?

桑托斯想到这儿,立马起身,开着哈娜的车,前往兰登港口。他要找戴夫谈谈,尽力争取他的支持。

戴夫的核潜艇在兰登港口停泊后,便接受了联盟的管理。兰登港口的联盟警察为他的核潜艇编了代码,并将所有参数录入到了魔方Q的数据库里。警察还为这艘核潜艇安装了各种传感器和仪表。这些工作的目的，就是让雷萨的魔方Q可以实时监控这艘核潜艇。最后，警察问道：

"它叫什么名字？"

"沙音。就叫它沙音号吧。"

戴夫船长满脸的不高兴，但是又感到庆幸，警察没再盘问他更多的问题便离开了。

戴夫决定将"沙音号"改装成渔船。联盟警察接受了这个请求，同意戴夫及其"沙音号"从事渔业捕捞。在联盟时代，即便是渔船，也同样是流线型的全密封船。150多年前的潜艇，正好符合这样的要求，这使得改装工作量并不大。等桑托斯在兰登港口找到"沙音号"时，戴夫正准备出发前往达拉尔大洋进行首次捕捞作业。

"和我一起去打鱼吧。"

戴夫看上去很喜欢桑托斯，热情地拥抱着他。

"我也正想呢！"

桑托斯微笑着说。上次前往喀尔斯岛，虽然时间不长，但是互相之间留有很好的印象。

"你还是想出海找你姐姐吧。"

戴夫这话说到他心坎里去了。

"是的，哈娜现在很危险。"

桑托斯也不掩饰，流露出焦虑的神情。

"走吧，到船上去，我们坐下来喝点咖啡，边喝边聊。"

戴夫拉着他的手，便向船里走去。桑托斯内心感到很宽慰。邀请他到船上喝咖啡，那表明戴夫想帮这个忙。

戴夫带着桑托斯参观了刚刚改装好的"沙音号"渔船。核潜艇的导弹发射口呈两排，一排4个，共8个。就像"田"字形里去掉"十"字，成为一个"口"字形，戴夫将每4个相邻的发射口穿墙凿壁，连通成为一个进水口，这就有了两个进水口。鱼

第四章 特梅尔大平原

雷发射口作为出水口。鱼舱连着进水口和出水口,以便让海里的鱼游进或游出鱼舱。

鱼舱紧接着的是整理舱。里面有分拣设备、切割设备、打包设备和检测设备等。船员按照鱼的品种和大小进行分拣,分拣后进行切割打包。紧接着整理舱,便是冷冻室,打包后的鱼块在这儿冷冻储藏。废弃物则返回鱼舱,在出水口处排出。

整条船的船员配备和之前一样,戴夫的原班人马都留了下来。因为都认识,大家都热情地和桑托斯打着招呼。

在船长室里,戴夫和桑托斯面对面坐着,一人拿着一杯咖啡,慢慢地品尝着,气氛一度很沉闷。

"兄弟,没有办法,我们都逃不出雷萨的掌控。"

桑托斯点着头,继续喝着咖啡。他也明白,戴夫现在的"沙音号"渔船,无论走到哪儿,雷萨都是知道的。要想在雷萨眼皮子底下神不知鬼不觉地抵达喀尔斯岛,无异于白日做梦。蒂姆曾经给了喀尔斯岛大致的位置,已经过去两周了,也不知道它是否还在那个区域活动。

"沙音号"渔船即使找到了喀尔斯岛,是不是雷萨的有意安排?桑托斯这样拼命地找哈娜,雷萨会不会有所担心,觉得这终究是个隐患?消除隐患的最好办法,就是将计就计,让"沙音号"找到喀尔斯岛,然后把桑托斯和戴夫一网打尽,将他们也流放在岛上,一起陪伴哈娜。这样看来,寻找哈娜的行动,也暗含着失去自由的危险。

"你还是和我们一起出海吧。我们边打鱼边想办法,说不定就有办法呢。"

戴夫这么说,只是不想让他一个人孤单单回到鹤泽山的家中。和大伙儿在一起,可以分分心,不至于太孤单、太寂寞、太无助。桑托斯想了想,便点头答应下来。

"请各位注意,按原定计划,明天早上 8 点启程。"

戴夫在麦克风前反复播音了三次。

"沙音号"渔船在早上8点准时启航。渔船先缓缓下沉,到达10米左右时,螺旋桨开始加速,向着海洋深处前进。戴夫打开船长室的大屏幕,里面显示着游过船身的鱼群。他接着递给桑托斯一个虚拟增强现实头盔(VR头盔),示意他戴上。

桑托斯戴着VR头盔,眼前的一切让他身临其境。他看到一群群鱼从他身边游过,仿佛他也是一只游来游去的鱼儿。他的视线上下移动,VR头盔里也相应地变化视野,显示不同角度的现实情景。他抬了抬下巴,视野便会上浮2米,如此反复,视野便来到了海面上。他看到"沙音号"渔船已经远离大陆海岸线,四周都是一望无际的海浪,吉瑟在云朵间若隐若现,海鸟在浪花尖上翻飞。他看着这些自由自在的海鸟,喃喃自语道:

"雷萨能监视它们的一举一动么?"

核潜艇出身的"沙音号"渔船,比起常规渔船来,下潜深度要深得多,这意味着可以捕捞别人捕捞不到的鱼种。这正是戴夫最为得意之处。在短短3个小时内,他便从10米下潜到1500米,分别在10个海水层进行了捕捞作业。看着各色各样的鱼游进鱼舱,戴夫的脸笑开了花,桑托斯的心情也有了久违的愉快。

联盟时代的捕鱼作业,已经抛弃了渔网捕捞的传统做法。捕捞的时候,渔船只需要对准附近的鱼群,打开进水口和出水口,在进水口处生成一大片漩涡,吸引鱼群进入鱼舱,就像一只座头鲸在吞食鱼虾似的。鱼舱里会形成高速螺旋式水流,让进来的鱼群紧密汇集并输送进整理仓。对于大型鱼类,这种方式也仍然管用,只是还需要再抛撒一些鱼饵,增强对它的吸引力。

对于需要单个捕捞的、体型大,性格暴烈的鱼种,就需要使用定向诱饵了。联盟时代的生物学家和微电子学家联合创新,开发出了动物脑芯片。将芯片植入动物脑内,亚诺人可以控制动物的运动。相比较历史上的驯兽师来说,这项技术可以运用到所有动物,无论是水生动物还是陆生动物身上。戴夫在出发前购买了很多动物脑芯片。他打算在活鱿鱼脑中植入这种芯片，通过操控鱿鱼的运动，引诱金枪鱼进入鱼舱，这样可以大大提高捕获成功率。

"这活儿我可以做。我在赛勒斯大学的专业是生物学，给动物脑中植入芯片的实验，我做过好几次。你放心，我们下午就可以实施。"

中午时分，桑托斯和戴夫面对面坐着，吃着海鲜，喝着红酒，表现得信心满满。

下午3点钟，桑托斯顺利完成了鱿鱼脑中植入芯片的工作。"沙音号"渔船上的电脑蓝牙连接上芯片，桑托斯戴上VR头盔，操作鼠标，看到这些鱿鱼在鱼舱里老老实实随着鼠标箭头的移动而移动。桑托斯设定了线路，那些鱿鱼便自觉地按照设定的线路游动。

船员将这批鱿鱼放出鱼舱，让它们在进水口附近来回游动。不一会儿，金枪鱼群的身影出现。接着一头头金枪鱼追逐着鱿鱼，依次通过进水口进入到鱼舱内。

捕捞过程显得出奇的顺利。桑托斯和戴夫通过VR头盔，看得手舞足蹈，兴奋异常，大声呼喊：

"太棒了！太棒了！"

桑托斯的兴奋与戴夫的兴奋并不相同，他似乎想出了找到哈娜的办法。

"戴夫，金枪鱼一般生活在多少米深的海里？"

"100~400米。我查了查海洋捕捞手册，我们现在这片海域里的金枪鱼品种生活在300米。所以我将'沙音号'渔船下潜到300米。"

戴夫指了指舱壁上嵌着的深度计，接着问道：

"这有什么问题吗？"

"看来金枪鱼不能用了。"

"用来干吗？"

戴夫显然有些丈二和尚摸不着头脑。

"运载人。"

看着戴夫一脸迷惑，桑托斯进一步解释道：

"如果我们操控的不是渔船，而是鱼，我相信雷萨肯定发现不了。"

"你的意思是给金枪鱼植入动物脑芯片？"

戴夫也有所明白了。

"是的，植入芯片后，就可以让它载着我们到喀尔斯岛。魔方系统还不至于监控每一只鱼吧。"

"太妙了！太妙了。这个计划好！"

戴夫由衷地竖起来大拇指。

"金枪鱼是深海鱼，用它驮人，这么深的海水，会压死人的。"

"是的，是的，必须用海面生活的大型鱼种。"

戴夫开始翻阅海洋捕捞手册。

"不用翻阅了，达拉尔大洋有一种鱼，叫牛溪鲸，它可以用来驮人。"

桑托斯毕竟是学生物的，对海洋生物颇有了解。牛溪鲸的长度一般在10米左右，宽度一般在5米以内，是一种呈扁平状的水生哺乳动物。由于头顶的鼻孔需要露出海面置换氧气，它只能在离海面不深的海水里游弋，最深不超过2米。它在游动时，远远看上去，像一张漂浮在海面上的黑色地毯。

"这鱼可能太大了，只怕我们的鱼舱装不了。"

戴夫对牛溪鲸也有所了解。

"鱼舱的空间也不能太大了，那样它便容易在鱼舱里翻腾，这不利于我们给它安装芯片。"

桑托斯接着说出了牛溪鲸的大小。

"鱼舱连着两个进水口，每个进水口直径不到6米，这么宽的鱼，要正对着进水口游进鱼舱，只怕很难。"

戴夫考虑得很仔细。

第四章 特梅尔大平原

"确实。牛溪鲸的游动速度很快,这就更难对准进水口。另外,它是负浮力,必须不停地游动,才能保持身体不下沉。如果关在鱼舱,没有游动空间,它会沉入鱼舱底部,最后被窒息而死。"

这是一件矛盾的事情,要给牛溪鲸的脑袋里装芯片,就需要它安静地待着。让它安静地待着,它就会下沉,鼻孔不能露出水面换气,就会窒息而死。

"我们来查一查牛溪鲸的相关习性吧。"

戴夫虽然有疑虑,但没有放弃。

戴夫让司徒大副查询牛溪鲸。很快,电脑屏幕上便展示了牛溪鲸的相关信息。他们三人仔细看着这些数据,逐渐形成了行动方案。

在达拉尔大洋,纹燕鱼生活在深度不超过 1.5 米的浅表海水层,深受牛溪鲸喜爱。将纹燕鱼的脑部植入芯片,做成受控活鱼饵,引诱牛溪鲸进入鱼舱。牛溪鲸一般在水中 30 分钟,水上 5 分钟。在 30 分钟的期间里,前 10 分钟内引诱牛溪鲸进入鱼舱,中间 15 分钟内完成芯片植入手术,最后 5 分钟内驮上桑托斯离开鱼舱,驶向喀尔斯岛。

这是一个大胆且富有挑战的方案,也是一个前无古人的方案。想到可以像骑马一样驾驭着牛溪鲸在大海里驰骋,大家都为这个方案激动不已。按照海洋捕捞手册的标示,戴夫让"沙音号"渔船改变了航线,朝着纹燕鱼捕捞区驶去。

桑托斯着手准备前往喀尔斯岛的随身物品。牛溪鲸是黑色的,桑托斯需要穿一套紧身的黑色潜水服,可以和牛溪鲸混为一体,使得雷萨的卫星不易侦察到。牛溪鲸通体光滑憎水,潜水服同样也是光滑憎水,两者质感相同,伪装性便更好了,更不容易被发觉。

便携式声呐探测器也是必需的。还有喀尔斯岛水下两艘航母的噪音特征参数。戴夫船长翻箱倒柜,最终找到了蒂姆给他的这些参数，大家都长长地舒了一口气。

在戴夫的指导下，桑托斯将噪音特征参数输入到手机里，将手机与便携式声呐探测器相连接，再将手机通过无线蓝牙连接到动物脑芯片，这就构成了一个自动驾驶系统。声呐探测器探测海里的噪音，与喀尔斯岛的噪音特征参数进行比对，一旦比对成功，便将噪音的方位传输给手机。手机计算出路径并发送给动物脑芯片，动物脑芯片指挥牛溪鲸游向喀尔斯岛。

"手机在海面上使用，魔方 Q 会知道的。"

桑托斯有些担心。

"没关系，关闭 GPS，关闭无线移动通信，手机处在飞行模式，其实就是一个运算器。"

戴夫看来早就考虑到这一点。

"本来是可以用笔记本电脑，不用手机的。但是趴在牛溪鲸上，携带的设备尺寸越小越好。"

桑托斯将这套自动驾驶系统贴身放在腹部，再套上紧身潜水服，由衷地感到很轻松自如。

"太棒了！确实很便携。"

"你要在手机上接一个麦克风。你可以语音控制牛溪鲸。"

桑托斯听了戴夫这么说，不得不又脱下潜水服，将一个贴片式麦克风贴在喉结下的脖子上，将它的插头插进耳机接口。司徒大副走过来，用胶带将自动驾驶系统绑在桑托斯的腹部上，并在他身上固定好手机与麦克风的连线。桑托斯这才小心翼翼地穿上紧身潜水服。

"速度 20 千米每小时，速度 20 千米每小时。"

桑托斯试了试这套自动驾驶系统，语音控制正常。接着，他又试着说了向右拐、向左拐，看到也能正常工作，这才放心下来。

语音控制是必需的，整个自动驾驶系统都在海水里，根本无法用手来操作手机。

戴夫又拿出四个直径 10 厘米的圆形吸盘，在桑托斯的左右胸各装了一个,在左右膝盖也各装了一个。

"这个吸盘是高分子纳米材料做的,特别适合黏附在鱼背上。等你驾驭牛溪鲸时,它们就是你的马鞍,让你可以稳稳地趴在鱼背上。"

"就这些了么?"桑托斯问道。

"还有最后一项。"

戴夫停顿了一下,幽幽地看着桑托斯。

"食物。"

没错,桑托斯必须携带食物。上次出发前,蒂姆告诉了戴夫喀尔斯岛所在大致的区域。考虑到喀尔斯岛移动速度不快,虽然过去了两周时间,应该还在那个区域内游荡。就此估计,它距离沙音号渔船大约在 1000 千米左右。

牛溪鲸驮着人,游速不会太快,比较适合的速度应在 20 千米/小时以内。即便是一切顺利,也需要 50 小时,如果不顺利,那就有可能三四天甚至更长。不带上食物,是万万不行的。

"桑托斯,你放心,我这儿准备了浓缩高能食物。虽然味道不怎么好,但是可以管上一周。"

司徒大副举起一个黑色的不锈钢瓶子,看上去像一个小型氧气瓶。瓶子头部有一个阀门,阀门连着两个管子,两个管子通向一个口鼻罩。桑托斯接过罐子,将它背在后背上,又把口鼻罩戴上。两个软管,细的一根是气管,通向鼻孔,粗的一根是食管,由嘴巴含住。气管负责输送氧气,食管负责输送半流质高能食物。联盟成立以前,这种氧气瓶是军用产品,专门供海军陆战队长时间水下埋伏时使用。后来经讲一步改进,变成供给潜水员长时间打捞作业时使用,它里面既装有氧气,也装有食物。

"牛溪鲸虽然会经常露出水面换气,但在水下也会待上 30 分钟,这也足以淹死人。没有氧气瓶是不行的。"

司徒大副继续讲解。

"氧气瓶这么小,能用几个 30 分钟?我担心牛溪鲸换两三次气,我就没有氧气用了。"

桑托斯有些信心不足。

"这个氧气瓶通过口鼻罩,回收你呼出的二氧化碳,能将你的二氧化碳再转换成氧气。你再看看这儿,看似外壳普通,其实是交换膜。它可以吸收海水中的氧气,就像是鱼鳃一样,这就是人工鳃。当牛溪鲸在水面换气的时候,虽然只有5分钟,氧气瓶可以自动高速吸取空气中的氧气,有了这三点措施,可以保证你总有氧气用。"

桑托斯听了后,不住地点头称是,信心也由此大增。

"还有么?"

桑托斯问道。

"你说呢?"

戴夫笑着反问。

"我要是把哈娜带回来,她不是也需要潜水服,吸盘和氧气瓶么?"

桑托斯马上意识到哈娜也需要装备。

"潜水服和吸盘没问题,氧气瓶就这一个,实在不行,你就待在岛上,将你姐姐哈娜换回来。"

戴夫开着玩笑。桑托斯也笑了笑,他心里也明白,只要能找到喀尔斯岛,后面的事就不是问题了,总有办法可以解决。

第五章　纹燕鱼捕捞区

"阿尔法"忠实地执行着雷萨和蒂姆的指令。每天和另外两个机器人警察轮流换班，在岛上看管哈娜等人。

通常情况下，机器人警察在岛上工作8个小时，等到快要换班时，便让哈娜等人离开餐厅，锁上餐厅门。自从上次机器人警察跳海后，岛上的人也自觉地离开餐厅，再不敢检视机器人警察的换班。

换班时间一到，它立即打开餐厅地板上隐蔽的入口，乘坐升降机抵达帕奎号航母的第一层。机器人警察找到自己的机位，下载当班工作的影音内容，即岛上的所见、所听、所做。接着充电桩给机器人警察充电，机器人警察进入约15个小时的休眠状态，直到它再次上班。

机器人警察上班时，先要更新影音内容，掌握另外两个机器人警察的工作情况，然后乘坐升降机上到餐厅，整个交接时间大约15分钟，这期间岛上没有机器人警察。

除了上次机器人警察跳海造成当班影音内容缺失外，"阿尔法"备份了所有的影音内容，这包括岛上8个人在餐厅的谈话内容，特别是雷萨的最高秘密——夏当与业诺的相撞。待到"阿尔法"返回聪达公司后，这些影音资料就会被蒂姆和莫妮卡获取，他们也将知道雷萨的最高秘密。

"阿尔法"并不会在帕奎号航母的机位上休眠15个小时，按照蒂姆的命令，它会在帕奎号航母和诺格号航母上巡察5个小时，连同岛上的影音内容，一并备份在扩展的存储空间里，那是一个魔方Q无法读取的隐蔽空间。

帕奎号航母和诺格号航母的甲板之下，分为21层。"阿尔法"按照蒂姆的要求，每一楼层都要巡察，并对重点设施设备进行多角度视频录像。但当"阿尔法"进入"诺格号"航母时，被着装红色警服的机器人挡在入口通道外。"阿尔法"没有口令，不能进入"诺格号"航母。

"哈娜，岛上有3个机器人警察，这个机器人警察是新来的。"

"阿尔法"与其他机器人警察有所不同，竟然被考伯特看出了端倪。

"为什么？"

哈娜很吃惊，虽然大家都知道岛下还有其他机器人警察，但是，怎么能看得出它是新来的呢？

"从这个机器人警察下班直到它下一次的上班，这期间，有2个机器人警察当过班，所以岛上有3个警察。"

哈娜并不关心这个结论，她透露出让他继续讲下去的眼神。

"看它的眼睛。每次它上来工作，眼睛都是淡绿色，不像其他机器人警察，它们是墨绿色。"

原来是这个区别呀！哈娜很佩服他的观察力。

"不应该呀，机器人警察的一致性应该很好呀！怎么可能会有不同颜色的眼睛呢？"

在联盟时代，技术标准是精准的，制造出来的产品必然是高度一致的。哈娜是工程师，很清楚这一点。

"眼睛颜色的变化，意味着电池电量变化。当电池快没有电时，眼睛就会是红色的。当电池充满了电，眼睛便是墨绿的。这个机器人警察眼睛是绿的，这意味着……"

"这意味着它上来之前，已经用了一些电。"

哈娜插着话，也有些明白了。

第五章 纹燕鱼捕捞区

"是的,它肯定从事了其他工作。"

考伯特突然明白了什么,面露微笑。

"也许它不仅仅是雷萨派来的。一个机器人只从事一个主题任务。它看来从事了两个主题任务。另一个任务很可能不是雷萨安排的,那会是谁?又安排了什么任务?"

听到这儿,哈娜也兴奋起来,不禁脱口而出。

"有人来救我们了?"

"也许吧,我们要多留意观察。"

考伯特点着头。

终于到了纹燕鱼捕捞区了。有纹燕鱼的地方,就一定会有牛溪鲸。戴夫将"沙音号"渔船上升到离海面1米深,这也是纹燕鱼在海里游动的平均深度。"沙音号"渔船很容易地捕捞到了大量的纹燕鱼。桑托斯选取了50条纹燕鱼,向船员传授动物脑芯片植入手术。

芯片很好地控制着50条纹燕鱼的游速及其方向。这些纹燕鱼在进水口整整齐齐地排成5排,每排10条,头尾相连,游速与"沙音号"渔船航速一样,保持着相对静止。远远看过去,50条纹燕鱼就像渔船进水口前拖曳着一幅长长的珠帘。

不到半个小时,一条牛溪鲸远远地游了过来,大家都紧张地屏住了呼吸。它的游速很快,能否捕获到也就是刹那间的事情。从这一刻起,后面一系列行动环环相扣,不容闪失。

牛溪鲸越来越近,直直地奔向纹燕鱼。

"调高纹燕鱼的游速,让它们往鱼舱里进一步。"

戴夫戴着VR头盔,指挥着司徒大副。

"对,对,对,再调高鱼饵游速,再进去一步……"

伴随着一记撞击声,船体猛然晃动了几下,牛溪鲸已经撞进了鱼舱。

"好,好,好,立即关闭鱼舱进水口和出水口,牛溪鲸已经沉在鱼舱底部，此刻很安静。司徒大副，司徒大副，该你上了，赶紧给它植入芯片。"

司徒大副已经穿戴好潜水服和潜水头盔，跳进满是海水的鱼舱，慢慢地下沉，来到了牛溪鲸的脑袋位置。为了做好水下植入芯片手术，司徒大副一路上反复在鱼舱里演练了很多次。

"还剩7分钟了，司徒大副，司徒大副，你做好了么？"

戴夫戴着VR头盔，不一会儿，看到司徒大副做了一个OK的手势，便继续命令道：

"请所有船员进入鱼舱！"

船员们已经穿好潜水服，听到戴夫的命令，立即进入鱼舱里。

"请立即给牛溪鲸调转方向！"

船员们和司徒大副一起，借助着浮力，在水里慢慢抬起牛溪鲸，将它调了个个，鱼头朝着进水口。出水口是鱼雷管口，比较小，牛溪鲸是出不去的，必须调个个。

"桑托斯，该你了，请立即检查自动驾驶系统。"

不一会儿，戴夫的VR头盔里传来桑托斯的声音：

"自动驾驶系统已启动！"

"检查穿戴！"

"已穿好潜水服，装好吸盘，背上氧气瓶，戴好口鼻罩，请求上马。"

桑托斯将趴上牛溪鲸的鱼背称为"上马"。

"请立即上马！请立即上马！"

戴夫最后命令道。

鱼舱里，司徒大副和船员们上浮，桑托斯下沉。很快，桑托斯降落在牛溪鲸紧挨头部的背部位置，身体趴在上面。桑托斯晃了晃身体，四个吸盘牢牢地吸在鱼背上，纹丝不动。戴夫通过VR头盔，看到桑托斯已经稳稳地趴在鱼背上，便命令道：

"开启进水口，好！进水口已开启。各位请注意，现在全力加速！现在全力加速！"

"沙音号"渔船慢慢调整姿态，让鱼舱里的牛溪鲸正好对着出口，然后全力加速后退，相当于给了牛溪鲸向前的速度。这个速度让它冲出了进水口，重新获得了浮力，而这个浮力让它在海水里重新游了起来。

看到牛溪鲸从进水口游走，戴夫喊道：

"桑托斯，祝你一路顺风！"

这声祝福，桑托斯是无法听到的。现在唯一能和他通信的，就是他身下的牛溪鲸。

哈娜已经在岛上待了快 5 周了。她每天都有做记录，所以清楚在岛上流放的天数。内心的愤怒之火正在熄灭，转而替代的是麻木。她很佩服考伯特的坚韧，即便在与世隔绝的日子里，依然保持着敏锐的观察力。考伯特的话点燃了她内心的希望。

这段时间的流放，是对所有人的考验。很不幸的是，艾伦和博格，这两个最强健的男人，最先被寂寞与孤独击倒。

艾伦在第四周的周三早上，从悬崖上一跃而下，结束了自己的生命。大家看着他的尸体在平静的海面上向着西边飘走，更加明确地显示出喀尔斯岛是在移动的——正在向东移动。

紧接着的周四，博格也跳下了悬崖。他和艾伦不同，他会游泳。他疯狂地认为，一定可以游到彼岸。大家心里难受极了，只能默默地祈祷。自此之后，大家再也没有见到博格。

自此之后，大家的情绪更加低落了。哈娜除了吃饭去餐厅，整天待在房间里，躺在床上看着屋顶的天花板。直到考伯特的一席话，又给她点燃希望之火。她开始坚持每次饭后，都要环岛散步 10 圈。

然而接下来的一周，事情发生了诡异的变化。首先是威廉老是抱怨菜的味道有些怪异，其次是沙玛总是哈欠不断，一副没精打采的样子。最后竟然是罗德里格斯和格曼妮开始胡言乱语，神志不清。哈娜敏感地意识到，真正的危险正在逼近。

这天中饭过后，哈娜约考伯特环岛散步。两人边走边聊。

"威廉比较挑食，那是因为他的味蕾可能比我们更敏感。"

"是的，你的意思是，他说饭菜有怪味，并不是无稽之谈。"

考伯特感觉到哈娜话中有话。

"一定是饭菜里添加了什么东西，这东西一般人是品尝不出来的，威廉味蕾敏感，他能感觉得到。我怀疑添加的是某种药，让人神经错乱的药。"

"你说得有一定道理。罗德里格斯和格曼妮好端端的，怎么会突然神志不清？不过，为什么我们还好呢？"

考伯特看着脚边的灌木丛，像是在寻找灵丹妙药。

"他俩年龄大，药物容易起作用。威廉觉得饭菜味道怪异，自然吃得少。沙玛体质敏感，药一进体内就马上有反应，整天精神不济，自然也吃得少。他们饭菜减少，反而是好事，避免了被药物毒害。我们俩虽然现在没事，估计再过几天，也逃脱不了罗德里格斯和格曼妮的下场。"

哈娜说着说着，声音有些哽咽起来。

考伯特转身将她搂在怀里，一边抚摸着她，一边安慰道：

"别担心，你每天饭后散步，可能有利于代谢掉这个药物。以后每次吃完饭，我们把他们约出来一起散步，加强运动可能会有效。"

哈娜听到这儿，心里又有些平静，同时也升起了一丝丝别样的情愫。

哈娜微微抬起了头，眼睛越过考伯特的肩膀向着海面望去。站在离海面10米高的悬崖边，海风有些猛烈，吹拂着她的头发，堵挡着她的视线。她不得不从考伯特的怀抱里挣脱出来，用手拨开脸上的长发，好让自己能够看得更清楚些。

"你看那儿！好像有条鱼！"

哈娜用手指着离悬崖不远处的海面。考伯特顺着哈娜手指着的方向看了过去。

"确实是一条鱼!"

考伯特惊叹道。

他俩看着这条鱼围着喀尔斯岛游了三圈,越游越近,顿时感到非常好奇。哈娜拉着考伯特的手,转身跑下悬崖。他俩站在小码头上,寻找着那条鱼。

不一会儿,那条黑色的大鱼又进入了他们的视野,它好像认识他们似的,笔直地朝着他们游来,迫使着他们禁不住往后退去。猝不及防间,巨大的浪花劈头盖脸砸向他们,将他俩淋个透湿。

浪花落定,大鱼的整个身子已搁浅在岸边。从鱼背上,凸显出一个黑衣人来,他滑下鱼背,朝他们走来。恍惚间,哈娜想起了当初的梦境:弟弟桑托斯朝着她奔来,背后巨浪追逐着。

"哈娜!"

黑衣人大声呼喊着,脱下氧气瓶和口鼻罩,跑到哈娜前,紧紧地拥抱着她。

哈娜悠悠地从思绪中回过神,不敢相信眼前的一切。她双手扶着桑托斯的双肩,仔细地看着他,然后又抚摸着他的脸颊,突然间泪流满面。

桑托斯一离开"沙音号"渔船的鱼舱,便开始了驾驭牛溪鲸的生活。三天的旅途生活非常辛苦。牛溪鲸不停地游动,桑托斯就不停地经受海水的冲刷。一开始,桑托斯将牛溪鲸的速度设定在 20 千米/小时。不到半个小时,他便感觉头脑不适,昏昏欲睡,可是海水的冲刷,又让他无法入睡。

桑托斯不得不再次降低牛溪鲸的游速。这是非常冒险的事情,一旦游速太低,牛溪鲸就会负浮力,就会下沉。一旦下沉,牛溪鲸就会降低游速,即便动物脑芯片干预,也不起作用。这样恶性循环,它会永远地沉入海底。

反复权衡后,桑托斯将最低游速设定在 5 千米/小时。看到牛溪鲸没有下沉，他松了一口气。在这个游速下，他觉得舒服多了，脑袋在水里，也能忍受半个小时的冲刷。

牛溪鲸每次换气大约5分钟，这是桑托斯最享受的时间。他可以露出海面，人也可以脱下口鼻罩，自由呼吸空气，但是这一点时间，让他觉得并不过瘾。

他将胸前的吸盘拿在手上，一点点匍匐前进到鱼头的左鳃旁，掀起鳃盖，用随身携带的匕首，切下一大块鳃丝，然后，又爬到右边，切下相同大小的鳃丝。

动物的某些部位，即便受损或者缺失，并不会带来生命危险，像这样的例子很多，亚诺人的肺叶，缺失一两片，不会有生命危险；左右两个肾，拿掉一个，也没有大碍；肠子剪掉30厘米，也很正常；平常剪手指甲或者脚指甲，连疼痛都没有。牛溪鲸也是如此，被切掉左右两大块鳃丝，也只是感觉到了些许疼痛，在海水里翻腾了两下，便恢复了平静。桑托斯这样认为，实际情况正中桑托斯的下怀，鳃丝切除手术后，牛溪鲸的行为发生了变化。鳃丝减少，水下呼吸功能减弱，为了生存，用肺呼吸的时间大大延长，鼻孔露出海面的时间也相应延长。不仅如此，它也只在深度不超过50厘米的浅表海水层游动。

牛溪鲸背腹之间的厚度也在50厘米左右，这意味着不管它是用鳃呼吸，还是用肺呼吸，桑托斯始终是露出海面的，整个身体不用浸泡在海水里了。

经过这些摸索，桑托斯终于能够娴熟地驾驭牛溪鲸。在即将离开纹燕鱼捕捞区的时候，他让牛溪鲸饱餐了一顿，然后以40千米/小时的速度，向喀尔斯岛进发，就像趴在一张黑色飞毯上，贴着海面驰骋。

桑托斯终于在第三天的中午看到了喀尔斯岛。他绕着它转圈，不敢贸然上岛。当他看见有两个人出现在悬崖峭壁上时，他开始边转圈边接近。最终，他清楚地看到女子牵着男子跑下悬崖的身影，那正是哈娜的身影。

第五章 纹燕鱼捕捞区

桑托斯长嘘了一口气,终于找到了!

哈娜为桑托斯和考伯特作了介绍。两个男人相互握了握手。桑托斯开口就问岛上有几个人,哈娜告诉他有 6 个人。桑托斯准备再问的时候,哈娜打断了他。

哈娜觉得机器人警察要换班了,让桑托斯在岸边岩石后躲着,然后拉着考伯特急忙忙朝坡顶走去。

在坡顶上,哈娜朝平房那边看了看,然后转身给岸边的桑托斯打了个手势,这是告诉桑托斯还必须继续在岸边隐蔽起来。机器人警察还在那排房子的餐厅里,不能让它发现桑托斯。

她和考伯特继续朝着餐厅走去,有意让机器人警察看到他们这是散步回来。其实,他们也想盯着机器人警察,估计再有一小会儿,机器人就会锁好餐厅门,在餐厅里打开地下通道进行换班了。这段换班时间里,岛上没有机器人警察,绰绰有余能让桑托斯躲进哈娜的房间。

桑托斯看着他俩在坡顶上消失,便开始处置牛溪鲸了。他将自动驾驶系统从潜水服里取出,在手机上详细记录了牛溪鲸的驾驭方法、喀尔斯岛的移动速度、岛上的实有人数等等细节。他用手机拍了几张喀尔斯岛全貌的照片,以便戴夫能够一眼识别。最后,他在手机上规划好了牛溪鲸返回的路线。

他将自动驾驶系统重新连接起来,确保继续正常工作后进行了打包密封,并将它固定在牛溪鲸的背上。出发前他曾和戴夫船长商量过,实在不行,就让牛溪鲸独自先回来。

他用力将搁浅在岛上的牛溪鲸推向海里。可惜的是,牛溪鲸身长 10 米,宽 5 米,太巨大了,仅靠一个人的力量,根本没办法推动。

正在一筹莫展时,哈娜和考伯特来了。加上哈娜和考伯特,他们三人仍然推不动这条大鱼。桑托斯心想再多个三五人,也不一定能推得动。即便推动,也不能给它 5 千米 / 小时的最低初速度。只有超过这个速度，它才可以游动起来。

想到这里，桑托斯不免有些泄气，低着头，心里暗自叫苦，万万没料到，他和戴夫的方案里，还存在这样的 BUG。

哈娜看到桑托斯愣在那儿，连忙催促道：

"机器人警察交班快结束了，不能再耽误时间了。你先回我房间躲起来，免得机器人警察上来后发现了你。"

接着，她又吩咐考伯特。

"你赶紧把他们都叫来，怎么着也要再试一试。"

考伯特听了这话，立即心领神会，不由得点着头赞许。大鱼在岛上搁浅也是常有的事情。岛上六个人没事干，把大鱼推进海里，也是正常行为。机器人警察看到了，说不定还会帮忙。如果有机器人警察帮忙，它的力气比 6 个人的合力都要大很多，这事儿成功的可能性就会非常大。

"桑托斯，你赶紧把那个密封包从鱼背上取下来。"

考伯特思考缜密，立即想到这会引起机器人警察的怀疑。

"不行！没有了它，牛溪鲸就搬不了救兵来。"

桑托斯指望着牛溪鲸回到"沙音号"渔船那儿，让戴夫明确掌握喀尔斯的方位。

这是一件矛盾的事情。把密封包取下来，机器人警察可以让牛溪鲸重新游动起来，但是它就不可能回到"沙音号"渔船那儿。不取下来，机器人警察必然会发现，会引起怀疑，就不可能帮这个忙。

桑托斯想了想，转身爬上了牛溪鲸的鱼背，将自动驾驶系统密封包从鱼背上换到了左鳃盖下。来的时候，桑托斯切下一大块鳃丝腾出来的地方，正好可以放下自动驾驶系统密封包。

不得不佩服戴夫船长的先见之明，自动驾驶系统真的是应该越小巧越好，如果当初不是用手机而是用笔记本电脑，那现在就没法隐藏在鳃盖下了。桑托斯将密封包固定好后又仔细地看了看，鳃盖遮得严严实实，根本看不出来。

桑托斯从鱼背上一下来，哈娜便拉着他向自己的房间走去。等他俩进了房门，考伯特才敲开了其他4个人的房间，带着他们前往大鱼搁浅处。哈娜安顿好桑托斯后，从后面跟上来，也加入了他们的队伍。

6个人围着牛溪鲸七嘴八舌。在考伯特和哈娜的引导下，最终大家都同意将这条搁浅的大鱼推入海里。大家一起用力推，牛溪鲸便缓缓地移动。等它小半个身体泡在海水里了，大伙儿也累得气喘吁吁。

此时，机器人警察换完班了。当班的机器人警察是"阿尔法"。它上来后巡视了一圈，远远地发现他们全在海边围着一条大鱼，便走了过来。它只是静静地站在旁边看着大家的交谈和行动。这正是哈娜和考伯特所期待的。他们等它看了有一会儿后，便来到它面前。

"大鱼在岸边搁浅是很正常的事情，如果不处理，就会死在这儿。"

哈娜说完，眼睛盯着机器人警察。

"是呀，如果死在这儿，尸体就会腐烂，发出来的恶臭会熏死我们的。"

考伯特这么说，是将大鱼搁浅和流放者的切身利益相关联。

"不仅仅如此，它还会带来病毒或者细菌，有可能让我们生病。"

哈娜进一步增强相关性。大鱼搁浅就此成为机器人警察的主题谈话范围，也是主题工作范围，也就是说，大鱼搁浅成为机器人警察必须处理的事情。

"阿尔法"终于说话了："需要把它推进海里。"

哈娜和考伯特听了正中下怀，暗自窃喜，等的就是这句话，就是希望它能出手。

"阿尔法"站在那儿停顿了一会儿。显然这是"阿尔法"在和魔方J进行通信，等待着决策命令。它终于再次开口说话：

"牛溪鲸必须获得 4.75 千米/小时的初速度才可以游离岸边。你们的推力太小，不可能给它这个速度。请你们让开，让我来推它吧。"

"阿尔法"说完，伸开双臂，托着牛溪鲸硕大扁平的脑袋，慢慢地跑动起来，越跑越快，最后双臂用力向前一推，牛溪鲸呼啸着越过海面，砸进海里。当海面平静下来时，牛溪鲸已经游得很远了，在海面上成了一个小点点。

大家都欢呼起来，兴高采烈地回到了各自的房间。"阿尔法"也独自来到餐厅里准备着晚餐。等到一切都安静下来，考伯特来到了哈娜的房间。哈娜等他关上房门后，劈口说道：

"刚才，桑托斯说了他面见雷萨的情况。雷萨说是两个月就可以让我们见到家人，其实是想让我们变成疯子后，再交给我们的家人。"

"留给我们的时间确实不多了。"

考伯特看上去很平静，罗德里格斯和格曼尼的现状，已让他有所预料。

"你们真的是在参与雷萨的心理实验吗？"

桑托斯内心里并不相信。

"我们被雷萨流放了，也被心理实验了。"

考伯特想到艾伦和博格的结局，这又何尝不是一场心理实验呢。

短暂沉默之后，哈娜和考伯特开始你一言我一语，将岛上发生的点点滴滴向桑托斯仔细地说了一遍。

"这果然是个大秘密！这关系到每一个亚诺人，雷萨居然隐瞒了两年多。"

雷萨当真撒了谎，压根儿不是心理实验，就是流放，就是隔离，就是社会性死亡！作为联盟最高领导人，面对一群普通公民，居然撒谎，居然下狠手，让一群无辜的人社会性死亡，真是太无耻、太卑鄙、太狠毒了。

桑托斯也将这段时间里的经历，从德米警长、雷萨、莫妮卡、蒂姆，一直到戴夫，从头到尾，详细地说了一遍。

"现在最关键的，我们要如何逃出去。饭菜里肯定拌有引发精神疾病的药物，吃了就会疯，不吃就会饿死。再不走，只能是这两个结局。"

考伯特希望桑托斯讲解一下如何搬来救兵。

"这两天多留意海面的情况，牛溪鲸回去后，戴夫一定会看到我的手机，对他来说，喀尔斯岛不再是秘密了。他一定会回来救我们的。"

桑托斯接着举了举氧气瓶。

"这里面的食物，还可以够我吃三天。你们就不用从餐厅给我带食物了，免得引起机器人警察的察觉。

"需要让他们知道桑托斯吗？"

考伯特指的是岛上其他人。

"不需要。"

哈娜果断地否定了，接着盯着桑托斯手腕上的潜水表。

"你把表给考伯特，这样我们好掌握机器人警察的行动规律。考伯特，麻烦你去房间拿套衣服给桑托斯，让他换掉这套潜水服，老穿着怪难受的。"

"今天的机器人警察是'阿尔法'么？"

桑托斯摘下手腕的潜水表，递给了考伯特。

"它是新来的机器人警察，一定就是'阿尔法'了。"

考伯特一副不容置疑的样了。

"即便我们逃不出雷萨的魔掌，'阿尔法'也会记录喀尔斯岛上的一切。蒂姆和莫妮卡一定会知道雷萨的秘密。"

桑托斯断然说道。

聊到这儿，三个人心里也就坦然了。他们离不离开这个小岛，雷萨的秘密终究是瞒不住的。

"沙音号"渔船自从桑托斯走后,就按着事先确定的航线匀速行驶,以便桑托斯返航时能够顺利地找到它。第四天一大早,司徒大副像往常一样从潜望镜里观看海面的情况。看了一会儿后,他急忙向戴夫报告,一条牛溪鲸正以"沙音号"渔船为圆心,在海面上打转转。

戴夫知道这是桑托斯返回了,急忙戴上VR头盔察看海面的情况。按照事先约定,桑托斯回来后要往海里扔3颗高亮度红光防水灯珠,灯珠会在海面上漂浮,持续发光10小时。

戴夫仔细察了半天,只发现牛溪鲸在绕圈子,始终没有发现发光灯珠,难道是牛溪鲸独自回来的?戴夫沉思了一会儿,立即下达了捕获牛溪鲸的命令。

有着上次的经验,这一次更加娴熟,很快就让牛溪鲸安静地趴在鱼舱底。戴夫命令船员潜入鱼舱底,仔细检查牛溪鲸。就在船员检查不到10分钟的时候,牛溪鲸突然开始剧烈地翻腾,整只渔船也随着猛烈地摇晃。大约3分钟后,牛溪鲸平静下来,再也不能动弹。鱼舱中的船员,就像是在一个巨大的滚筒洗衣机里一样,被牛溪鲸翻腾得险些晕了过去。

戴夫命令"沙音号"渔船立即浮上海面,排干鱼舱里的海水,仔细检查牛溪鲸。牛溪鲸能够自己回来,一定是桑托斯把自动驾驶系统放在它的身上了。牛溪鲸一进鱼舱不到10分钟就翻腾而死,这显然是窒息而死。上次它在鱼舱里可是待了快30分钟。这说明它肯定有了变化。如果是窒息而死,那就应该首先检查鳃肺系统。果然,船员检查时间不长,便在牛溪鲸的左鳃盖下找到了桑托斯放置的自动驾驶系统密封包。

密封包里其实就是两个设备,一个是便携式声呐探测器,一个是桑托斯的手机。戴夫仔细翻看完手机里的内容,总算是知道了牛溪鲸这一去一回的所有情况。难怪牛溪鲸一进鱼舱很快就窒息而死,原来是桑托斯给它做了鳃丝切除手术。戴夫由衷地钦佩桑托斯与动物打交道的天赋,他学习生物学,未来一定可以取得很高的造诣。

戴夫向全体船员下达了命令，立即前往喀尔斯岛。

海上的驰骋实在太辛苦，桑托斯在哈娜的房间里沉沉地睡着，一直睡到第二天晚上9点多才醒。哈娜依然拉着威廉、沙玛和考伯特一起饭后散步。她会一边散步，一边观察海面情况。

考伯特还会仔细观察机器人警察的交接班的情况。有了桑托斯的潜水表，他终于掌握了机器人的换班时间。喀尔斯岛有3个换班时间，分别是每天早上6点、下午2点和晚上10点。此时，岛上没有机器人警察，空窗期大约15分钟。

如果要逃离喀尔斯岛，最好是在晚上10点的空窗期。平常情况下，晚上10点前，机器人警察会巡视一圈，察看每一个房间，然后再回餐厅进行交接班。如果大家都已睡觉了，接替它的机器人警察就不会再察看每个房间。等到早上6点的交接班，新当班的机器人警察发现房间没人，已经过去了8个小时了。如果哈娜等人能在晚上10点的空窗期逃离喀尔斯岛，就极有可能争取到近8个小时的跑路时间，当然是躲得越远越好了。

哈娜和考伯特等桑托斯睡醒后又一起简短地碰了个头。三个人都认为逃离喀尔斯岛之前，需要和威廉、沙玛打好招呼。罗德里格斯和格曼妮则没有必要了，他们已经完全神志不清了，再也不可能泄露秘密了，即便说了，人们也不会相信，只会当成疯言疯语。雷萨肯定会兑现他的承诺，把他俩交到各自的亲人手中。

第三天的中饭过后，哈娜又约考伯特等人去散步，可是威廉和沙玛都要回房间睡觉，考伯特要继续观察机器人警察，哈娜只好独自一人环岛散步。她越走心里越担心，威廉和沙玛偶尔会胡言乱语，显然雷萨的药有了改进，拌在饭菜里不会被人觉察出异味。考伯特也会时常发愣，可以看得出来，他正在努力用意念控制着他的精神。哈娜也体会到自己现在容易忧郁，容易烦躁，也不是很好的兆头。桑托斯的食物也只能维持一天了。如果再不逃离喀尔斯岛，连弟弟桑托斯也会搭进去。

哈娜不知不觉走到了一个背阴处。突然，一个黑色身影从她身后袭来，一只大手捂住她的口鼻，另一只手臂拦腰抱住，快速后退几步，两人蹲靠在一块大岩石后。

"你是哈娜吧。"

看着哈娜点了点头，戴夫收回了紧抱着的双臂。哈娜被松开后，看到戴夫穿着和桑托斯相同的黑色潜水服，立马问道：

"你是戴夫吧。"

"是的。桑托斯还好吧。"

"挺好的。"

哈娜点着头，立即反问道：

"你怎么知道是我？"

"桑托斯的手机里有很多你的照片。我观察你有一会儿了。你太美了，我不会认错人。"

戴夫笑眯眯地看着哈娜。

哈娜有些不好意思，沉默了一下子，便和戴夫商量起来，最后约定在下午2点的空窗期，先让桑托斯上船。再等到晚上10点的空窗期，岛上的人全部撤离。约定好这些，哈娜急忙从岩石后起身，转出背阴处，强忍着内心的激动，若无其事地继续着她的散步。

她像平常一样，结束了散步，来到考伯特的房间。考伯特听到敲门声后，将她迎接到屋里。哈娜反手关上门，激动地扑上去，紧紧地拥抱着考伯特。考伯特感受到了她的激动，也紧紧地拥抱着她，试图让她的心情平伏下来。过了一会儿，哈娜在他耳边缓缓地轻语。

"桑托斯的救援到了。"

"太好了！"

考伯特热切地亲吻着她。两个人缠绵了一会儿，哈娜突然想起了什么，连忙叮嘱考伯特，让他看准时间，确保2点一过，就通知桑托斯先行上船。

接着，哈娜回到了自己卧室，看着桑托斯躺在地板上打盹，连忙拉他起来。

"我见到戴夫了，我和他商量了2点钟的时候，你先上船。我们晚上10点再上船。"

"太好了，戴夫真是太够意思了。"

桑托斯听到这消息，既很兴奋，又很感动。

"等会儿考伯特会来叫你，你就去海边小码头，戴夫在那儿接你上船。"

考伯特盯着潜水表，2点一到，便出了卧室，先是到餐厅门口，发现餐厅门关着，这说明机器人警察开始换班，正是空窗期。他急忙转身走向哈娜卧室，通知桑托斯可以出发。

桑托斯穿上潜水服，带上氧气瓶，不一会儿来到了码头处。戴夫担心会被魔方K的卫星发现，没有让"沙音号"渔船浮出海面，采取潜水的方式上岛和离岛。桑托斯也采取同样的方式，观察了一下海面，潜入海里。这让他想起了在上次找寻喀尔斯岛的时候，他和莫妮卡曾一起从"沙音号"渔船出来，潜泳到兰登港口。

哈娜和考伯特分别钻进了沙玛和威廉的卧室，等他俩再出来碰头时，都面带微笑。显然，沙玛和威廉中毒不深，此时还是有些明白，非常高兴能够逃离喀尔斯岛。

好不容易等到晚饭时间，罗德里格斯和格曼妮仍然神志不清，机器人警察不停地照顾着他们的进食。哈娜、考伯特、威廉和沙玛，则一边吃饭一边不停地打着哈欠。吃完饭后，4个人都喊着好困好困，好想睡觉。

事前，他们已经商量好，吃完饭后就真正地去睡觉，这样可以让机器人警察完全放心。考伯特有潜水表，可以设闹钟，不怕睡过头。

不到8点，所有人都沉沉地睡去。雷萨的精神病药也帮了忙，这种药确实容易导致人嗜睡。

10点一过，考伯特挣扎着从手表闹铃中醒来，跑到餐厅门口，确定机器人警察不在，这才敲开哈娜、威廉、沙玛的房门。威廉睡得太死，半天没开门。好在考伯特早有准备，事先找他们要了房间钥匙。考伯特不能再等，立即打开房门，把他从床上拽起来。

4个人跑到小路的尽头——海边小码头，"沙音号"渔船正在那儿等着。哈娜、沙玛、威廉、考伯特，依次被船员拉上了船头。在黑夜的涛声中，"沙音号"渔船静悄悄地沉入海中，向着纹燕鱼捕捞区高速驶去。

这一天是吉历公元4003年1月16日，距离哈娜用冻蓝染液在床单记下的日期"40021130"恰好49天，他们被雷萨与世隔绝已整整7周。

第六章　兰登港

船员将哈娜四人带到船长室，司徒大副端着托盘，上面放着4杯酒，走到他们面前，每人递上一杯。桑托斯和戴夫微笑着端着酒杯站在一旁。看到大家都端着酒杯，戴夫喊了一声"干杯"，大家便跟着一饮而尽。

"欢迎大家光临'沙音号'！"

戴夫高兴地说着开场白。桑托斯接着介绍了双方。哈娜介绍了沙玛和威廉。看到沙玛和威廉精神不济，戴夫示意司徒大副安排他俩先去休息。

等到大家再次举杯之时，考伯特忍不住问道：

"'沙音号'渔船不受雷萨监控么？"桑托斯和戴夫相视而笑。同样的问题，桑托斯一上船也曾问过。

戴夫认为，桑托斯完全可以将哈娜一起带回来。牛溪鲸做了鳃丝切除手术后，他俩被它驮着，始终在海面上，完全不需要氧气。他俩便可以轮流使用氧气瓶里的食物，高能食物也应该能够支撑他俩返回。

桑托斯让牛溪鲸独自返回，无非就是搬救兵的意思。另一层意思，他不想再和哈娜分开了，也希望将岛上的人都救出，单独救出哈娜，不是太好。

根据桑托斯手机上的信息，连同他本人，现在岛上有7个人。一只牛溪鲸最多驮2个人，至少需要4头牛溪鲸。戴夫仔细看了

· 89 ·

桑托斯驾驭牛溪鲸的方法，带着4头牛溪鲸前往喀尔斯岛，这个问题不大。问题在于4只牛溪鲸抵达喀尔斯岛，动静太大，只怕会被机器人警察发现，救援的成功率不高。

事实上，牛溪鲸要载人，就必须在岸边搁浅，一旦搁浅，没有机器人警察帮忙用力推它，它就无法获得必要的初速度，也就不能在海里游动起来。上一次牛溪鲸没载人，机器人警察愿意帮忙，它才能独自回来。这次让牛溪鲸载着人，机器人警察肯定不会帮忙。戴夫尽管想到的理由不充分，幸运的是，结论完全正确，驾驭牛溪鲸救人，根本不可行。

直接开着"沙音号"渔船去喀尔斯岛，肯定也不行的，马上会被魔方Q发现。如果"沙音号"真的一路顺风、平安无事到达喀尔斯岛，那就只有一种可能，就像他和桑托斯在出发时讨论的那样，雷萨将计就计，来个一网打尽，把他们也流放在喀尔斯岛上。现在唯一的办法，就只剩下金蝉脱壳之计了。

魔方Q对海洋中的船舶监控，主要依靠两个系统：一是监测船舶的4份数据，分别为船的速度、船的用电量、船的水下深度及船的GPS位置数据。这被称为主体监测数据系统；二是监测船只的噪音特征参数。船只噪音，有它独有的特征参数，就像人的指纹，不同的船只，就有不同的噪音特征参数，不可能出现两个一模一样的特征参数。探测它，就可以知道是什么船只，还可以知道船只的方位。这被称为辅助监测数据系统。上次戴夫的核潜艇船驶出赛勒斯地下河，一进入到达拉尔大洋就被发现，正是辅助监测数据系统发挥了作用。

辅助监测数据系统也称为立体声呐监测网。联盟成立之前，各国的海军在自己的领海里建有立体声呐监测网。联盟成立之后，这些立体声呐监测网被整合成一张网，初期主要用来发现未在魔方Q里注册的船只，后来更多地用来定位失事船只及其海洋救援。随着技术的不断发展，这张网已经覆盖了整个海洋。

第六章 兰登港

历任联盟主席都非常重视立体声呐监测网的建设与完善。联盟在海洋的不同位置、不同深度，等距离地投放了被动式声呐探测器。这些探测器能够自主避让船只，也能够相互之间实现声呐通信，还能够自动更换。它的优点是定位准确，缺点是速度慢。正是由于这一缺点，魔方Q将它作为辅助监测数据系统，在实时性监测时，一般不会使用它，特别是船只在主体监测数据系统中表现正常时，更不会使用它。

桑托斯驾驭牛溪鲸前往喀尔斯岛的想法，也启发了戴夫。如果将"沙音号"渔船上的速度计、电度表、深度计和GPS接收机安装在牛溪鲸的鱼背上，让它在纹燕鱼捕捞区游荡。只要不使用辅助监测数据系统的数据，魔方Q肯定会把牛溪鲸当成"沙音号"渔船，而真正的"沙音号"渔船就可以放心大胆地前往喀尔斯岛。

戴夫一直举棋不定到底哪个方案好，两个方案各有优缺点。前者的好处是隐蔽性很强，可以躲避魔方Q的监测，缺点就是桑托斯驾驭牛溪鲸的风险很大，稍有不慎，很有可能命葬大海。

后者的好处是可以直接开到喀尔斯岛，将哈娜等人一起救出来，桑托斯不必冒命葬大海的风险，缺点就是有被魔方Q发现的风险。万一在前往喀尔斯岛的行程中，魔方Q使用了辅助监测数据系统，那就注定会失败。

更关键的是，没有喀尔斯岛的确切位置。当初蒂姆教授给的方位，如今已经过去两周多了，究竟能有多大的准确性，不得而知。"沙音号"渔船前去喀尔斯岛营救，必须速战速决，知道岛的确切位置，非常关键。

让桑托斯先去找到喀尔斯岛，有了喀尔斯岛的确切位置，再来考虑这个金蝉脱壳之计也不迟。想到这儿，戴夫便没有说出他的方案。现在，桑托斯的手机已经带回了喀尔斯岛的确切位置和移动轨迹，事不宜迟，应该马上实施这个方案。

戴夫命令船员将兰登港警察安装的速度计、电度表、深度计、GPS 接收机与数据发射器分开。这是一项小心翼翼的工作，就像体外循环心脏手术一样，需要使用一个人工心肺机来替代心脏，完成血液循环。戴夫也需要一个"人工心肺机"来替代数据发射器。这个"人工心肺机"就是手机。

戴夫将速度计、电度表、深度计、GPS 接收机与手机相连，由高能量密度锂电池给它们供电。他把这个系统称为心肺机系统。在这个系统里，手机收集速度计、电度表、深度计和 GPS 接收机所产生的数据，模拟数据发射器，将这 4 份数据发送给魔方 Q。

戴夫计划再捕获一只牛溪鲸，让它背着心肺机系统在纹燕鱼捕捞区游荡，魔方 Q 的主体监测数据系统一定会将牛溪鲸当成"沙音号"渔船。

"那'沙音号'渔船如何摆脱立体声呐监测网？"

司徒大副觉得戴夫的计划并不完善。

"需要冒些险。"

戴夫胸有成竹似的。

"这么说，你还有办法？"

司徒大副有些不相信。

"没有办法，只能赌一把了。你想想，魔方 Q 既然认为我们在纹燕鱼捕捞区正常作业，那它就不会再使用立体声呐监测网了。"

说是赌一把，戴夫却有着十足的信心。除非是心肺机系统被破坏监测不到船只速度等 4 份数据，魔方 Q 才会使用立体声呐监测网。牛溪鲸没有天敌，它背上的心肺机系统被破坏的可能性极小。

"你的意思，即使立体声呐监测网发现了我们，也无所谓。"

看到戴夫点点头，司徒大副"嘿嘿"一声冷笑。

"那我们上次一出赛勒斯地下河，仅仅半个小时，魔方 Q 就通过立体声呐监测网发现了我们，这又怎么解释？"

"你这是在绕圈子了,问题又回到起点,你要知道,所有船只,一旦进入海里,魔方 Q 就会用主体监测数据系统的数据与立体声呐监测网的数据比对,如果数据一致,魔方 Q 就只使用主体监测数据系统,再也不会使用立体声呐监测网,这就是我前面已经说过的话呀。"

戴夫有些恼怒他的冷笑。

"那又怎么样呢?"

司徒大副没有理会他的不耐烦,执着地不耻下问。

"我的天呀,你怎么还不明白!之前的核潜艇,没有注册,一进入达拉尔大洋,两个系统比对不一致,一个有位置数据,一个没有位置数据,魔方 Q 当然要查个明白呀!立体声呐监测网早期的主要功能就是发现未注册船只呀!核潜艇后来变成了'沙音号'渔船,成为注册船只,而且一直表现正常,魔方 Q 自然就不会使用立体声呐监测网呀!"

戴夫情绪有些激动,气喘吁吁的。司徒大副默默地想了想,终于点了点头,表示搞懂了。

司徒大副指挥船员们捕捞了一只牛溪鲸,背上固定了心肺机系统。戴夫在心肺机系统中又加装了声呐发射器,这样便于下次找到它。

从释放这只牛溪鲸起,戴夫让"沙音号"渔船一直待在原地保持静默,足足等了 10 个小时才启航前往喀尔斯岛,这样做的目的,就是让这只牛溪鲸离得远远的,让魔方 Q 从时间和空间上看不出两者的关联。不像上次仅仅半个小时,现在 10 个小时都过去了,"沙音号"渔船平安无事,说明戴夫的判断是准确的,魔方 Q 果然没有发现端倪。

哈娜和考伯特深感戴夫船长艺高人胆大,在夹缝中求生存,终于实现了一次无拘无束的自由航行。难怪这次救援,他是这么的兴奋,对他来说,这是一次梦想的实现。

大家睡了不到5个小时,大约在早上4点半的时候,"沙音号"渔船响起了刺耳的铃声。哈娜和考伯特连忙起床,发现桑托斯正和船员们一起紧张地忙碌着。"沙音号"渔船通过声呐探测器,顺利地找到了那头牛溪鲸。船员们再次将它引诱进鱼舱里,取下心肺机系统后,放归大海。桑托斯为前一头牛溪鲸之死深感歉意,捕捞了大量的纹燕鱼,让这头牛溪鲸美美地饱餐了一顿。

哈娜看了看时间,此时离早上6点还有15分钟。

"时间不多了,最多还有一个小时,我们就会被机器人警察发现。下一步,我们将去哪儿?"

"虽然时间不多了,但是发现你们在'沙音号'渔船,可能还需要一段时间。"

戴夫的宽慰之词,暴露出他也没有想好下一步计划。

"去赛勒斯地下城,怎么样?"

桑托斯望着戴夫,期待他的同意。

"那儿也行。"

戴夫觉得"沙音号"渔船再回到赛勒斯地下河存在一定风险。从里面出来是一回事,从外面进去,又是一回事。他没有太大的把握,但是碍着脸面,他又不愿意承认这一点。

"我们又不可能一辈子躲在那里面。去哪儿不是重点,我的意思是,我们怎么摆脱雷萨的纠缠。"

哈娜说得没错。无论你到哪儿,只要是在亚诺社会里出现,雷萨就可以找到,必须得有一个万全之策,才可以一劳永逸。

"确实!我们迟早会被发现。魔方Q这个时候一定会使用立体声呐监测网,自然会发现有两个'沙音号'渔船,其中一个去了喀尔斯岛,又从喀尔斯岛回到纹燕鱼捕捞区,最后和另一个'沙音号'渔船重合,成了一个'沙音号'渔船,这意味着喀尔斯岛的流放者上了'沙音号'渔船。"

考伯特喝了一口酒,似乎有了新的想法。

"是的,迟早会被发现。"

第六章 兰登港

哈娜也表示赞同。

"说是容易,真正做起来,魔方系统只怕还得费些时间。"

戴夫有点得过且过。

"戴夫船长说得没错,我们利用这段时间,赶紧去兰登港吧。一旦上岸,就无所谓被雷萨发现。"

考伯特给人一种说一半留一半的感觉。

"你的意思,兰登港离这儿近,尽快上岸有利于我们,为什么?"

桑托斯起身拿了一块蛋糕,边吃边看着考伯特。

"兰登港口人来人往,可能是安全的保障。雷萨能够在众目睽睽之下再次将所有人都带走隔离么?好像不太可能。"

哈娜已经心领神会,说出了考伯特的想法。这两人看来是越来越心有灵犀了。戴夫和桑托斯听到这儿,都觉得很有道理,一时间,气氛变得轻松多了。

"现在应该马上发动大家,联系自己的亲朋好友,越多越好,让他们到兰登港接我们。"

哈娜抛出了更进一步的想法。

"兰登港那么大,我们现在不好确定前往几号码头停靠,通知亲朋好友,是不是早了点?"

戴夫船长问道。

"这是个好主意!先通知,有些亲朋好友离兰登港远,路上也需要时间。等明确了码头,再通知他们一次。"

考伯特和哈娜一唱一和,配合得很默契。

"你俩就不用联系了,也不要威廉和沙玛联系了。"

桑托斯也赞同哈娜的想法,进一步解释道:

"我们的亲朋好友肯定都在魔方系统的高度关注之下,他们要是都前往兰登港,容易打草惊蛇,引起雷萨的怀疑。"

"是的,你们就不用联系了,我让我的船员联系吧,让他们把亲朋好友都召集到兰登港来,越热闹越安全。"

戴夫船长一边走出船长室，一边大声喊道：

"让他们告诉亲朋好友，首次出航捕鱼，收获颇丰，免费馈赠。"

大家听到这话，全都哈哈大笑起来。

本格拉城的计算机中心发出红色警报，大屏幕上显示警报来自喀尔斯岛。雷萨心里一沉，担心的事情终究还是来了。屏幕报告显示喀尔斯岛逃离4人，还剩精神病人两人。屏幕列出了他们的姓名。

雷萨命令魔方A、魔方K、魔方Q立即排查，命令魔方J综合它们的数据进行分析决策。雷萨非常疑惑，哈娜等人如何能够在魔方A、K、Q的监控下神不知鬼不觉地逃离喀尔斯岛？3个魔方没有一个报警。如果不是岛上机器人警察发现，可能仍然蒙在鼓里。这里面一定有问题。

正如哈娜、桑托斯、考伯特所设想的那样，晚上10点，确实是最佳逃离时间。新当班的机器人警察根据上一班机器人警察的音视频内容，确定岛上的人都沉沉地睡着了，便没有对哈娜他们再逐一检查。

其实做这件事很简单，只需要拿着手持式红外线探测枪隔着窗户玻璃，不用惊醒梦中人，就能在枪体显示屏上看到房间里的红外人像，可以清楚地看到人是坐着的，还是睡着的。问题在于机器人警察就是没有做这件事。在整个当班时间，它忙着去设备检修与维护，直到第二天早上6点。

新当班的机器人警察在早上6点15分从帕奎号航母上来，在餐厅里准备早餐直到7点30分。这个时候，餐厅里还没有人来用餐，于是它开始逐个房间探查，发现4个人不在房间后，它又在岛面上寻找了三圈，依然一无所获，这才向雷萨报警。此时，距离哈娜逃离喀尔斯岛已经整整过去10个小时，"沙音号"渔船离兰登港口还有大约3小时的航程。

第六章　兰登港

不到半个小时，魔方 K 首先提交了分析报告。报告指出，由于所有船只都在海面下航行，魔方 K 在正常情况下不会分析海面上的卫星图片与视频。"沙音号"渔船浮上海面等待哈娜等 4 人登船，只是被卫星拍摄下来，存储在数据库里，并没有被分析与判定。

魔方 K 的主要精力是实时分析与判定陆地上的情况。卫星图片和视频都是从天上俯视拍摄的，魔方 K 很难对人进行面部识别，步态识别也有很高的误判率，一般不会采信。桑托斯和戴夫上岛，一身黑色潜水服，魔方 K 没有识别出来，以为是岛上的人在活动。正是基于这样的工作机制和技术条件，魔方 K 没有在第一时间里发出报警信号。

雷萨看到这里，心里感到些安慰，看来魔方 K 运行是正常的，没有被其他人操控。报告接着提供了事后分析结果。通过对喀尔斯岛及周边海域的图片和视频分析，有一艘船在岛边靠岸，并让 4 人登船。报告播放这艘船的船员依次拉着 4 人登船的视频。通过对船形的分析，确定该船为近期才注册的"沙音号"渔船。报告给出了这艘船的来历，并指出它在注册前曾有过一次疑似驶向喀尔斯岛的经历。

报告分析得很详细，提到了"沙音号"渔船的船长及船员，桑托斯登上"沙音号"渔船的时间，首次出海捕鱼的出海港口和时间，曾经浮出水面的所有地点和时间等。

雷萨看完这份报告立即指示魔方 Q 就"沙音号"渔船进行重点分析。这次，魔方 Q 使用了立体声呐探测网的数据。魔方 Q 提交的报告指出，"沙音号"渔船在海里有两条轨迹，一条是从纹燕鱼捕捞区前往喀尔斯岛，又从喀尔斯岛返回捕捞区，一条是在纹燕鱼捕捞区游荡，这两条航行轨迹最后重合成一条航行轨迹，目前离兰登港不远。

魔方 A 也依据"沙音号"渔船这条线索再次进行了分析，报告指出哈娜等人离开喀尔斯岛以来，没有和任何亲朋好友有过通信。戴夫船长和船员们在出海期间的对外通信总体正常，只是在今天早上6点钟之后，曾经密集地联系了很多亲朋好友，请他们前往兰登港，戴夫船长要把捕捞的海鲜免费送给他们。

最后，魔方J给出的结论是，桑托斯和戴夫驾着"沙音号"渔船救出了哈娜等4人，不久将在兰登港上岸。魔方J给出的优先对策是，立即引导"沙音号"渔船在指定码头靠岸，命令联盟警察逮捕船上所有人，安排穿梭机运回喀尔斯岛。同时，封闭"沙音号"渔船的对外通信，模拟戴夫船长和所有船员，联系他们的亲朋好友，告诉他们，渔船前方遭遇海啸，到港时间推迟，馈赠活动暂时取消。魔方J给出的备选对策是立即击沉"沙音号"渔船。

根据魔方J的结论，魔方K又依据人的头部形状、步长、步速与步态，进一步给出分析判断：桑托斯最先登上喀尔斯岛，隔了两天，戴夫登岛。戴夫和桑托斯在当天白天，先后从岸边入海离岛。哈娜等4人则是在当天晚上乘船离岛。

雷萨听完魔方系统的所有报告后，已经完全了解哈娜等4人逃离喀尔斯岛的来龙去脉，但是有两个细节始终想不明白，一是桑托斯究竟是如何从纹燕鱼捕捞区到达喀尔斯岛的？显然不是乘坐"沙音号"渔船。"沙音号"渔船此时还在纹燕鱼捕捞区游荡。桑托斯登岛后第二天晚上，"沙音号"渔船才启程前往喀尔斯岛。二是戴夫究竟是如何金蝉脱壳，伪装出一艘"沙音号"渔船的？

雷萨突然意识到不必纠结这两个细节，当务之急是要控制住事态。现在船上的人，一共有12个人，只怕都知道了李星碰撞的秘密了。雷萨很恼怒，本来是8个人知道秘密的，死了2个，疯了2个，眼看就要成功地保守住秘密，哪知道半路杀出了个程咬金。知道秘密的人数不减反升，白白浪费了50天来的努力。

雷萨咬牙切齿地对着屏幕下达了命令："执行优先方案，将戴夫船长带到本格拉城来，其余人继续流放喀尔斯岛。"

第六章 兰登港

在前往兰登港的航行中，桑托斯将手机交还给哈娜。桑托斯抱歉地告诉她，为了找到她，曾经让莫妮卡破解了手机开机密码。哈娜笑了笑，表示可以理解。哈娜接过自己的手机，进入社交平台 TNR 看了看，她去年 11 月 29 日发布的夏当行星照片与留言，果然找不到了，一定是魔方 A 删除了。这也说明，她和考伯特等人在岛上的分析是正确的。

早上 7 点的时候，"沙音号"渔船处于自动驾驶模式，船上所有人都聚集在餐厅里用早餐。

"考伯特，能否计算一下，夏当和亚诺什么时候会发生碰撞？"

这是一直纠结在哈娜心中的问题。

"昨晚大家睡觉的时候，我找司徒大副要了一台笔记本电脑，计算了这个问题。结果就是我们在座的每一个人都可以看到那一天。根据简化的理论计算，夏当和亚诺，还有 47 年就会发生碰撞。实际情况只会短，不会长。"

考伯特的神情显得很凝重。

确实，按照亚诺人平均寿命 120 岁计算，在座的每一个人都会健在，甚至都没步入老年。大家都深深地吸了一口气，一时间不知道这意味着什么。

"这就是雷萨一直要保守的秘密。仅仅因为我在 TNR 上写了一句'变轨——夏当行星改变了运动轨迹'，雷萨便将我们流放到喀尔斯岛。其实，他早在 3 年前就知道夏当行星变轨了，也知道变轨必然会带来夏当与亚诺的碰撞。"

哈娜义愤填膺。

"雷萨为什么要保守这个秘密？"

有船员问道。

"我来说吧。"

戴夫接过话头，喝了一口咖啡。

"如果所有亚诺人知道这一真相，就会引起大乱，社会将剧烈动荡，甚至引发战争。这是雷萨不愿意看到的，消除战争，实现和平，这是他的职责所在，他必然会隐瞒这一真相。"

"这也太瞧不起人了！我们一介平民，在他眼里，就当真是一群蝼蚁么？难道就不配知道这一真相？大难临头，我们就没有资格面对么？我们就必须要听从他的选择和安排？谁能保证，他的安排就是最好的，就不会牺牲任何人？"

司徒大副和哈娜一样，也很气愤。

"他会有什么安排？"

威廉问道。

"只有等死，还能有什么安排？"

沙玛有些沮丧与悲观。

亚诺人一直很乐观，等到亚诺行星资源枯竭的时候，还可以去孪星夏当上去继续生活，这也是联盟一直在做的事情。如果两颗行星都不存在了，科技再发达，短短40多年，也不可能到别的星球，只有等死的份儿了。顿时，餐厅里的空气中弥漫着悲伤的氛围。

"真还不如不知道这个真相，现在有了等死的感觉，以后的日子一点意思都没了。"

有个船员开始抱怨起来。浑浑噩噩地过着眼前的生活，等大难来了一死了之，也是一种痛快。

考伯特有些后悔了，不应该当着大家的面说出真相。船员情绪不稳，会将"沙音号"渔船置于危险之中，会不会还没到兰登港就出现船员哗变了。想到这儿，他似乎有点理解雷萨的做法。

此时，时钟响起，时间是上午的8点钟，这意味着雷萨肯定知道了哈娜等4人逃离喀尔斯岛，说不定也知道这4人就在"沙音号"渔船上。

"嘿！"

戴夫猛然间双手用力拍了一下巴掌，然后大声喊道：

"行星相撞的事情，还早呢，越多人知道，办法也越多，不

第六章 兰登港

至于 100 亿亚诺人一起等死吧。摆在眼前的问题是雷萨肯定不会善罢甘休,也许我们一上岸就会被他抓起来,重新扔回到喀尔斯岛。"

"甚至还没等到上岸便将我们击沉。"

考伯特也不失时机地添油加醋,转移船员们的注意力。

戴夫船长和考伯特的话,让大家都回到当下。船员们果然又开始担心被击沉。

"还有 2 小时 30 分钟,我们才能到兰登港。"

司徒大副指着电子地图,提醒大家。

"只要能上岸,那就好办了,我们的亲朋好友会在兰登港欢迎我们的,雷萨就拿我们没办法了。"

考伯特又表现得充满希望,试图给大伙儿打气。

"无论如何,我们绝对不能再回到喀尔斯岛。"

哈娜感触颇多,那神情和一个刚刚刑满出狱的犯人没有两样。

联盟主席雷萨要逮捕"沙音号"渔船上的 12 个人,这次必须要动用联盟警察了。为了不让太多的人知道,上次诱捕哈娜等 8 个人,主要依靠机器人警察。他们不知道缘由,自然听从了机器人警察的安排,蒙在鼓里被带到喀尔斯岛。

这次逮捕行动,如果还是用机器人警察,哈娜等人肯定不会老老实实地听从了,必然会反抗。机器人是不能伤害人类的,即使是机器人警察,也不例外。指望它们使用武力迫使哈娜等人就范,这是不可能的。

雷萨要动用联盟警察,就必须召集联盟副主席们开会,向他们下达任务,由他们协调警长们抽调警察,组成行动队,执行逮捕命令。

在联盟时代,亚诺社会有四个阶层:主席、副主席、警长、公民。主席、副主席和警长是亚诺社会的核心管理团队,共有

111人。其中主席1人,副主席10人,警长100人。公民又分两类:警察和普通公民,共有100亿人左右,其中警察100万人。

联盟成立后,不再有疆域的概念,属地化管理被替代为专人管理:主席作为最高领导人,管理10个副主席。副主席每人管理10个警长。每位警长管理1亿公民,并从中挑选1万人,组成警察队伍,接受他的领导。

所谓管理,是指管理者拥有这样的权力:可以随时了解被管理者的过去,随时操控他的现在,随时设定他的未来。因此,主席拥有最大的权力,即最全的知情权、最高的优先权和最终的决定权。

属地化管理与专人管理有着本质区别。属地化管理,就是公民由所在地的官员管理。公民可以被所在地的村长管理,也会被镇长、县长等官员管理,如果他去别村,相应的,会被另一拨村长、镇长、县长等官员管理。

这种管理存在多头管理的现象,会有成本增加,复杂混乱,效率低下等缺点。专人管理依靠数字化,彻底地消除了这种现象。它可以理解为,每个公民都有一个管家,涉及公民的所有事务,都可以交由这个管家去打理,这个管家就是警长。警长往往自称是公民的仆人,但批评人士反对这种说法,他们认为警长就是公民的主人,甚至刻薄地指出警长和副主席是主席的奴才。

本格拉城的魔方系统——魔方A、K、Q、J——面向核心管治团队共享。警长使用魔方系统的强大功能,很轻松地实现1亿亚诺公民的管理。对于雷萨而言,除了这个左膀右臂,还有副主席的参谋协调和警长的身体力行,于是很轻松地实现了对100亿亚诺公民的管理。

在现实生活中,警长直接与公民打交道,必然会有矛盾,公民更容易滋生出对警长不满来。隔着警长这一层,公民很少对副主席表示不满,更不可能对主席不满。在绝大多数公民眼里,联盟的主席是神一般的存在。这就是哈娜等人会被诱骗上岛的原

第六章 兰登港

因：听到雷萨的命令，就如同听到了神的召唤。

雷萨主席有着副主席和警长的忠心耿耿，又有着公民的顶礼膜拜，如果不是夏当有了阿维罗卫星这个突发事件，他始终坚信，联盟没有危机，非常稳固。

对于孪星碰撞，副主席和警长是知道的，这不是雷萨一个人的秘密，而是整个核心管治团队的秘密。当初雷萨一意识到这个将要到来的灾难，就召集副主席们开会研究对策。副主席也向自己管理的警长们传达了会议精神。

两年多来，雷萨为首脑的111人核心管治团队，一直共同保守着这个秘密。现在的问题是，是否有必要让逮捕行动队的联盟警察知道这个秘密。联盟主席办公会上，10个副主席都一致认为，要想让警察们执行好逮捕行动，就必须让他们知道逮捕行动的缘由，这就必然要谈到孪星碰撞。雷萨沉吟不语，足足有10分钟。

"他们应该知道这个秘密，这样就会有使命感，才能很好地完成逮捕任务。联盟的警察必须要有牺牲精神！他们应该待在喀尔斯岛上继续执行监管任务。"

副主席们立刻明白了雷萨的命令，这是要让警察和被捕者一起流放。这是一个好主意，既执行了命令，也永远保守了秘密。

"'沙音号'渔船还有1个小时便要达到兰登港。这个逮捕任务，交给德米警长负责，由他挑选24名警察组成逮捕行动队。"

雷萨下达了最后的命令。

"沙音号"渔船的船尾，一左一右出现了两艘警用巡逻艇，船首出现了一艘警用执法船。戴夫船长告诉大家，雷萨这是在武装押运"沙音号"渔船，逃是逃不掉了，只能跟着走。

"沙音号"渔船跟着走了大约10分钟，戴夫船长缓缓地松了口气。航行线路没有变，一直保持着向兰登港驶进，这是要带领他们到指定的码头。正如戴夫船长心中预料的那样，雷萨不会在海中击沉他们，他只会选择抓捕他们，把他们再次流放。不管怎么说，不会葬身海里，也是一件好事。人只要活着，总会是有机会的。

司徒大副从潜望镜上偏过头，对着麦克风喊道：

"还有20分钟抵达兰登港5号码头。"

戴夫船长命令：

"立即联系亲朋好友，让他们到5号码头。"

"报告船长，'沙音号'渔船半小时之前就无法对外通信了。"

戴夫船长叹了口气，还是动作慢了，如果提早1个小时到岸，那就不会是现在这个局面。现在，亲朋好友肯定是不可能来迎接大家了。

"码头上有什么？"

过了10分钟，戴夫船长又问道：

"有两排警察正列队欢迎我们。"

司徒大副摆正脑袋，朝潜望镜看了一眼，朝着戴夫苦笑了一下。

"有多少人？"

"25人！"

船上12人要面对25名全副武装的警察，只能束手就擒。哈娜、考伯特、威廉和沙玛感觉很不甘心，真是刚出狼窝，又入虎口。

"不要紧，再过一个星期，你们就会回到家人身边。"

哈娜略带嘲讽地安慰着考伯特、威廉和沙玛。

"回去时，我们都会疯掉，这又有什么意义。"

考伯特垂头丧气。

"至少我们还有亲人陪伴，桑托斯要是也疯了，哈娜就没有别的亲人了，只能待在疯人院。"

沙玛为哈娜感到悲伤。

"不会的，我不会疯掉的。我会陪伴在她身旁。"

桑托斯伸出手臂，搂了搂哈娜的肩膀，凄凉的语气里透着不自信。

"沙音号"渔船终于抵达了兰登港。停靠在5号码头。

第七章　安德利绿洲

德米警长今年45岁，瘦高身材，显得有些弱不禁风。德米在警长职位上工作了10年，隶属于联盟副主席施罗德管理。10年来，德米警长忠于职守，兢兢业业，不徇私情，得到了施罗德的肯定，也得到了所辖公民的普遍认可。每年的考核评价，德米警长都是第一名，他也因此赢得了雷萨的信任。

德米按照雷萨的命令，迅速召集了24名警察。考虑到戴夫的船上有4名女性，德米特意安排了8名女警察。在布置逮捕行动方案时，德米介绍了夏当行星的阿维罗卫星，夏当行星的轨道变化，以及随着时间的推移，夏当与亚诺会逐步接近直到相撞的预测。当会议室里的大屏幕演示完这一切后，德米开始动员讲话：

"'沙音号'渔船即将到达兰登港，船上的12个人也知道这个注定要发生的灾难，联盟主席雷萨认为他们一旦上岸，将会散布这个灾难的消息，随之引起社会的动荡。为了维护联盟的和平稳定，我们必须立即逮捕他们，并将他们押送到喀尔斯岛，这是我们的使命所在！"

此时，大屏幕上显示了12人的头像和名字，也显示了喀尔斯岛的方位。

"大家能不能保守联盟的秘密？"

德米停顿了一会儿，大声地、神情肃穆地问道。

"保守秘密！保守秘密！"

警察队员情绪激昂、使命感爆棚，齐声嘶吼着，喊声可以用响彻云霄来形容。

德米警长很欣慰，这是他最亲密、最信任的战友。他平举起双手，掌心向下按了按，示意大家安静。

"为了保证行动成功，'沙音号'渔船的人员一上岸，要立即收缴他们的手机。同时，你们的手机也要留下来。听清楚没有！"

"听清楚了！"

警察们大声回应着，纷纷将手机拿出来放在专用橱柜里。

"立即出发！"

戴米警长等全部警察都归位站立时，发出了行动命令。

逮捕行动很顺利。在5号码头上，"沙音号"渔船每出来一个人，便有两名警察走过去，一左一右，迅速反扭双手，戴上手铐，同时，收缴了他们的手机。很快，12个人一字排开站立着，身边都有两名警察看押着。

德米警长按照雷萨的命令，首先调来一架雷萨专用的穿梭机，两名警察在戴夫船长登上穿梭机前，替他解开了手铐，等他进入机舱关上舱门后，返回到德米警长身边。穿梭机嘶鸣着腾空而起，很快就消失在阿隆索山脉的群山里。德米随后又调来一架大型穿梭机，带着24名警察和11名被捕者一起，前往喀尔斯岛。

大型穿梭机座舱里，面对面安装了两排座椅。德米正好和哈娜面对面坐着。哈娜盯着德米，那双眼神更加具有穿透力了。德米警长又有些不知所措。

"上次谈话时，你就知道我被流放，是吗？"

哈娜神情严厉。显然德米是知道，他欺骗了她。德米警长一阵沉默。

"为什么不告诉我？"

德米又是一阵沉默。哈娜也清楚，肯定不会告诉她。她这么问，也就是发泄一下心中的愤怒。

第七章　安德利绿洲

"再次将我们流放,你很得意吧。"

哈娜鄙夷地看着德米。德米还是一阵沉默。

"难道你不觉得这很不公平吗?难道你不觉得哈娜很无辜吗?我们很无辜吗?"

桑托斯隔着4个座位,对着德米警长喊道。德米警长也对他隐瞒了这一切,桑托斯同样感到很愤怒。寻找哈娜的日子,是痛苦的、迷茫的、孤独的,如果德米警长早告诉他缘由,也不至于让他费那么多周折。可是冷静想一想,德米警长怎么可能告诉他呢?他忠于职守,就必须对他们有所隐瞒。

"非常抱歉。我只是严格遵守雷萨的命令。"

德米终于开了口。雷萨的命令,确实给哈娜和桑托斯带来了巨大的伤害,从这个角度说,他就是帮凶。他内心深处很同情他们,也为自己的行为深感愧疚。

当初8个人上岛,都是德米警长亲自安排的。警长管理的公民,遍布亚诺星球各地,所以各地设立的警察局,并不是某一个警长的办公场所,而是为所有的警长共享。从吉历公元4002年11月30日起,为了和哈娜等8个人见面,引导他们听从机器人警察的安排前往喀尔斯岛,德米警长乘坐穿梭机,在世界各地的警察局逐一和他们谈话。

他第一个谈话的对象就是哈娜。哈娜是整个事件的源头,她知道了夏当的变轨,也一定知道夏当将与亚诺相撞,即使当前不知道,也会很快知道的。必须首先控制住她。当哈娜在她家附近的警察局出现时,德米警长很紧张,倒不是看到她那双具有穿透力的眼神而紧张,而是因为内心不道德而紧张!哈娜是无辜的,流放她是不公平的。

看到哈娜平静地上了警车,警车离开警察局越走越远,德米长舒了一口气。接下来,他马不停蹄地在世界各地的警察局里接待了其他7个人。有了面见哈娜的经验,德米驾轻就熟,按照既定的计划,只要表明这是联盟主席雷萨的命令,便能顺利地将他们送往喀尔斯岛。

通过本格拉城的魔方系统，以及联盟核心管治团队成员间的协作机制，德米很快掌握了正在寻找他们的亲人名单，这里面就包括桑托斯。通过雷萨的直接授权，这些亲人也纳入到他的管理。德米时刻监控着这些亲人的一举一动。当桑托斯提出调阅哈娜行踪申请时，在同一个警察局里，他接待了桑托斯。如出一辙，他也接待了考伯特等其他7个人的亲人。征得雷萨的同意，德米安排了桑托斯等8人，一起面见了雷萨。

德米警长依据雷萨的命令完美地执行了前两次任务，如果这次任务同样没有差错，德米警长相信，雷萨一定会任命他为联盟副主席，接替即将退休的迪奥。

大型穿梭机座舱门顶不停地闪着红灯，驾驶座椅上的机器人警察通知大家，穿梭机即将在喀尔斯岛降落。德米从思绪中回过神来，透过机舱窗户向下看去，穿梭机正在喀尔斯岛上空盘旋下降。岛面上，机器人警察笔直站立着，准备迎接他们的到来。在平房旁边，建筑机器人正在忙碌着搭建平房。德米微微皱了皱眉头，需要再建两排平房么？关押12个人，再建一排平房就足够了，难道还有别的人来岛上么？疑问在德米警长脑海中一闪而过。

"穿梭机已着陆。"

机器人警察接着关闭驾驶面板上的一个个开关，穿梭机的轰鸣声也渐渐平息。

警察们将哈娜等11人从穿梭机座舱中押解出来，并将他们送到第一排平房的餐厅里。在餐厅里坐下后，机器人警察端上饭菜，请他们就餐。警察们则在餐厅外列队站立，等待着德米的进一步指示。

"没想到，时隔14小时，我们又回到原地。"

考伯特看了看手表，沮丧地说。

"嗨！你们可好？"

第七章 安德利绿洲

沙玛朝罗德里格斯和格曼妮微笑着打招呼。罗德里格斯和格曼妮痴呆着坐在那儿,没有任何回应。

"他们把戴夫船长弄到哪儿去了?"

威廉似乎清醒了很多,好奇地问道。

"去本格拉城见雷萨。"

桑托斯很肯定,他坐过雷萨的专用穿梭机,和戴夫船长坐的一模一样。

德米警长接到联盟副主席施罗德的指示,需要等待建筑机器人做好这两排平房,将被捕者安置进平房后,才能带领逮捕行动队回来。德米只能无所事事地在喀尔斯岛上闲逛。他围着建筑工地走了两圈,发现两排平房建起来后,将可以容纳30人居住。加上前排平房8个人,一共可以容纳38人居住。德米警长默念着38人,突然倒吸一口凉气,心中暗叫不妙,接着转身走向大型穿梭机。

德米警长登上穿梭机后,穿梭机驾驶员立即关闭舱门,然后请示道:

"可以起飞么?"

"等逮捕行动队上来后,再起飞。"

"刚刚接到的命令是只能载你返回。"

机器人警察当驾驶员,用一种无法商量的口气说道。

德米警长立即命令道:

"我说起飞时才能起飞。"

"遵命。"

德米警长立即与联盟副主席施罗德打电话。

"德米警长,你好!你现在是不是一个人在飞机上?"

施罗德一接通电话,不容德米开口,便直接问道。显然,德米警长在岛上的一举一动,施罗德是清楚的。

德米警长在电话这头一阵沉默。施罗德随即命令道:

"立即返回!"

机器人警察似乎也接到了同样的命令，穿梭机喷出一缕缕蓝色火焰，呼啸一声，冲向了天空，很快便钻进了云层。

德米警长在穿梭机上感到一阵阵的痛苦。现在岛上37人，加上戴夫船长见了雷萨后，也得回到这儿，那就正好38人。岛上三排平房，可供38人居住。这太巧了！新建的平房分明就是为被捕者和逮捕行动队准备的。逮捕行动队必须留在岛上，因为他们也知道了孪星将要相撞。只有这样做，才能既执行好逮捕任务，又永远保守秘密。

德米警长再也无法忍受良心上的谴责。他突然意识到，必须立即解救他们。想到这儿，他问道：

"我们这是往那儿去？"

"本格拉城。"

机器人警察冷冰冰地回答道。

"去那儿干什么？"

德米话一出口，就知道问它没用。它只能回答主题任务范围内的问题。这个问题显然超出了范围。

这时候，德米手机响起。他一接通，电话那头就响起了施罗德的声音：

"恭喜你，你将面见雷萨，你应该知道这意味着什么。"

没等德米回应，施罗德就挂断了电话。

德米知道这意味着什么，这意味着他将接受雷萨的任命，他将替代迪奥成为联盟副主席。德米无力地深陷在椅子里，仿佛深陷在权力的深渊里，无法挣脱出来。良心的谴责，就像燃烧后的余烬，先是火光一片一片地泯灭，再是火星一点一点地暗淡，最后在一缕缕青烟中彻底地消散殆尽。

戴夫船长被穿梭机运输到本格拉城，就像桑托斯进入圆形的联盟主席行署一样，戴夫被脱了个精光，沐浴更衣，在机器人警察的引领下，来到了餐厅里。

· 110 ·

第七章　安德利绿洲

雷萨和戴夫在餐桌前面对面坐着。雷萨首先开口了：

"欢迎你来到本格拉。"

"谢谢！谢谢联盟主席的邀请，我感到诚惶诚恐。"

戴夫谦卑地低了低头。

"联盟需要人才。我很欣赏你的胆略。"

戴夫船长听了这句话感到很突然，雷萨凭什么有这种印象？雷萨为什么要单独邀请我，就是因为我有胆略？

"谢谢你的夸赞。"

双方一阵沉默。雷萨又开口了。

"你知道我怎么看你吗？"

戴夫船长不置可否。

"你不像亚诺社会的人。"

戴夫船长心里暗暗一惊。从小到大，绝大部分时间，他是在赛勒斯地下城里野蛮生长。要说不像亚诺社会的人，也确实可以这么说。

"你是在哪儿长大的？"

看见戴夫船长沉默不语，雷萨追问了一句。

"赛勒斯城。联盟主席了解每一个公民，你应该很清楚呀。"

戴夫船长确实在赛勒斯城，不过是在赛勒斯地下城，那是一方雷萨没有监控到的地方。

"太好了，赛勒斯城曾是一座伟大的城市，可惜现在只剩下赛勒斯大学了。"

雷萨叹息了一声，突然问道：

"你在学校干什么？"

戴夫船长的数字孪生是酒吧老板，酒吧就在赛勒斯大学旁的社区里。

"我是酒吧老板。"

戴夫心里清楚，雷萨了解每一个人，他这是在核实他的身份。雷萨越来越感觉戴夫不是亚诺社会的人，隐藏在内心深处的担忧越来越强烈——联盟还存在着另一个社会。雷萨决定暂时搁置这种担忧，不再核验戴夫船长的身份。这时候核验没有意义。能够长期躲避魔方系统的侦测，肯定有不一般的技术手段，不可能只通过三言两语的盘问就把问题搞清楚。雷萨转移了话题。

"你了解联盟吗？"

"你是指夏当和亚诺相撞吗？"

戴夫船长微微一笑，让雷萨不自觉地有些尴尬。

"联盟经过近150年的发展，社会稳定、祥和、进步、富足。"

雷萨感慨着，接着又激动地喊道：

"我们不能被夏当破坏掉。"

"那意味着要牺牲掉哈娜、考伯特……，还有我的船员，是吗？"

戴夫船长冷静地看着雷萨，眼中透露着一丝丝不屑。

"我将任命你为警长。"

雷萨没有回答戴夫船长的问题。一个没有当过领导的人，是不可能有大局观的。他即便再有能力，也不可能从大局出发，做出正确的取舍。

"我没有这个能力与水平。"

戴夫船长断然拒绝。

"不，你有这个能力，知道为什么欣赏你吗？"

戴夫船长摇摇头。

"你能躲过魔方Q，欺骗主体监测数据系统，在辅助监测数据系统鼻子底下，成功地驾驶'沙音号'渔船抵达喀尔斯岛，这就说明你是非常有能力、有胆略的人。"

"如果我不当警长，会有什么后果。"

"你懂的，喀尔斯岛。"

雷萨硬邦邦地摊牌。

戴夫船长沉思起来，回到喀尔斯岛，陪着哈娜、桑托斯，还有他的船员们一起疯掉，肯定毫无意义。雷萨决定让他当警长，

第七章　安德利绿洲

只是可以更严密地监控他，希望从他身上找出赛勒斯地下城。雷萨显然不能容忍联盟里还存在另一个社会。

作为一个公民，有一个酒吧老板的数字孪生，比较容易蒙混过关。作为一名警长，再有一个数字孪生警长，暴露的风险会非常大。为了当一名警长，每天管理1亿公民，还要和其他联盟警长、联盟副主席或联盟主席沟通、交流、汇报，永远失去自由自在的渔民生活，这值得吗？

戴夫船长思来想去，最后点了点头。

"我接受您的任命。"

戴夫船长谦卑地使用了"您"字。

"太好了。我们等一个人到了，就举行任命仪式。"

雷萨任命戴夫船长为警长，也有他的考虑。早在戴夫船长从赛勒斯地下河出来被带到兰登港时就引起了雷萨的注意。近150年了，居然还有未注册的船只，还是一艘核潜艇，这就说明了联盟存在着监控的真空。戴夫原本是酒吧老板，突然驾驶着核潜艇出现在兰登港，这中间的过程，居然查不到，这也说明了联盟还有监测的漏洞。雷萨只是按兵不动，隐忍不发而已。

在雷萨看来，戴夫当上警长，就会有大局观，牺牲少数人成全多数人的理念，就会逐渐深植于心，自然就会保守联盟的这个重大秘密。其次，他的能力很强，一定可以像德米那样，管理好1亿公民，也一定能出色地完成雷萨的命令。最后，也是最重要的，戴夫那强烈的自由天性，最终会暴露他的自由世界，那个躲藏在联盟里的另一个社会。

"我有一个问题。"

雷萨想起了什么，突然问道：

"桑托斯如何从纹燕鱼捕捞区到达喀尔斯岛？"

只要有一个公民的行踪不能监控，那就意味着魔方系统不完善，或者魔方系统被联盟核心管治团队以外的人操纵了，又或许核心管治团队里有内鬼。

"联盟可以监控100亿亚诺人，但是不可能监控每一只动物吧。"

看着雷萨不解的样子，戴夫直接道出了天机：

"他是驾驭牛溪鲸前往喀尔斯岛的。"

雷萨听了这话，愣了一愣，猛然也明白了，戴夫一定是利用牛溪鲸伪装了另一艘"沙音号"渔船，让魔方Q误认为它在纹燕鱼捕捞区作业。真想不到啊！人为了做成一件事，居然这么富有创意，每一个人都是天才。

雷萨又心中一惊，这是多么大的漏洞呀，魔方系统居然没有监控动物的踪迹。可是转念一想，监控动物又有多大的实用性呢？像实时监控亚诺人的踪迹那样监控动物，那可能需要将本格拉城成倍地扩大，那是多么大的浪费呀。

餐厅门打开，机器人警察引领着德米进来。德米被安排在戴夫旁边坐下。

"将委任状给我。"

不一会儿，一位机器人警察端着托盘进来，走到雷萨身边，将两份委任状放在雷萨面前。雷萨背后的大屏幕亮起，10位联盟副主席出现在屏幕上。

"德米警长，鉴于你对联盟的贡献，也鉴于你的能力和水平，现委任你为联盟副主席。"

雷萨在委任状上签上名，交给身旁的机器人警察。机器人警察接过委任状，走到德米身旁，将委任状递给德米。德米起身向雷萨深深鞠躬，双手接过委任状，又深深鞠躬。雷萨和屏幕上的联盟副主席一起站立，为德米鼓掌。

接着，雷萨为戴夫授予委任状。委任仪式结束，屏幕关闭，三个人又都坐下。雷萨命令道：

"德米副主席，戴夫警长就由你管理。"

亚诺行星有四个大陆板块，分别为德拉伊洲、克特里洲、波希莱洲和奥普拉洲。德拉伊洲在亚诺星球北半球的东部，主要有阿隆索山脉和特梅尔大平原两大部分。在德拉伊洲的东部临海，阿隆索山脉自北向南贯穿整个大陆。山脉平均海拔高度在4300米左右，临海处海拔高度平均在5400米。山脉宽度占德拉伊洲东西向的三分之一。阿隆索山脉就像一个大型的水库，每年将漂浮在达拉尔大洋上空的大量云层拦截下来，凝结成水，源源不断地向西输送，滋润着特梅尔大平原。这是自古以来最富饶的地方，亚诺星球的人口、历史、经济……都集中在这片大陆上。

从德拉伊洲的西边，横渡卡姆洛大洋，便达到了克特里洲。克特里洲分为大陆部分和岛屿部分。它的大陆部分只有德拉伊洲的10分之，岛屿部分由大大小小的岛屿组成，这些岛屿面积总和与大陆部分的面积相当。亚诺人提到克特里洲，约定俗成地指大陆部分，而把这些岛屿统称为克特里群岛。

克特里洲基本上是崇山峻岭，它的最北端刚好越过北回归线，最南端刚好越过南回归线，亦道正好从它的中间横穿。克特里洲常年气温适宜，动植物种类丰富，是世界大森林，是亚诺之肺，是亚诺人的天然动植物园。以克特里洲为中心，克特里群岛散布在它的周围，东边是卡姆洛大洋，西边是达拉尔大洋。南北向岛屿散落在南纬60°、北纬54°之间。由于火山喷发或海底地震等地壳运动，岛屿的新生和消失每年都有发生，岛屿数量总在变化，只能说大约在20万个左右。

波希莱洲在亚诺星球的最南端，终年冰雪覆盖，冰层厚度达5000米，是亚诺星球的南极冰盖，也被称为全球最大的淡水水库。

从德拉伊洲的南边，横渡汉昌大洋，在南纬31°，便可抵达奥普拉洲的最北端。奥普拉洲的面积大约是德拉伊洲的五分之一。奥普拉洲是由沙漠与戈壁组成的。环绕沙漠的是戈壁，环绕戈壁的是一条断断续续并不连贯、宽度不过50千米的绿洲带，像一条翡翠项链，把奥普拉洲沿着海边围起来。奥普拉洲也被亚诺人形象地称为箭靶,最外圈是绿洲,接着是戈壁,靶心是大沙漠。奥普拉洲的大沙漠被亚诺人称为阿布拉沙漠。

克努斯38岁,生态保护爱好者,也是野外求生爱好者,喜欢穿越阿布拉沙漠,常年生活在奥普拉洲最大的一块绿洲——安德利绿洲。绿洲上除了一栋栋平房外,便是棕榈树、仙人掌、骆驼刺、沙枣树、胡杨树等沙漠植物。纵横的柏油马路将绿洲切割成一块一块的,一直延伸到戈壁下。

克努斯喜欢在清晨7点前后,乘着温凉的海风,坐在屋前的小桌旁,喝着早餐牛奶,要么是在电脑上整理穿越沙漠的照片和视频,要么在社交平台TNR上发布穿越沙漠时的见闻、风光或感想,要么就是收发邮件处理一下日常事务。

克努斯按照惯常一样,吃完早餐后翻看手机里的邮件。他很开心,好久没有联系的戴夫船长给他发来了一封邮件,时间是早上7点钟。那会儿"沙音号"渔船正自动驾驶前往兰登港,船上的人都齐聚在餐厅准备用早餐。

克努斯点开了邮件,邮件里面写道:

"亲爱的克努斯:好久没有联系,很想你。我现在是'沙音号'渔船的船长,正在前往兰登港,预计还有三个小时就要到岸。这是我首次出海捕鱼。为了庆祝首航成功,请你务必前来迎接我,届时将有珍稀海鲜馈赠。你的好友戴夫。"

克努斯看完后哈哈大笑,想到有海鲜相赠,心里自然开心。笑完之后又觉得有一丝诡异。现在都8点了,从安德利绿洲到兰登港,要向北飞越整个奥普拉洲,横跨整个汉昌大洋,再向东飞越3000千米,即便坐穿梭机,2个小时也不够。明知道他在遥远的奥普拉洲,为什么不提早通知?时间这么紧,邮件不能保证及时收看,为什么不打电话通知?这分明就不是诚心邀请。

克努斯百思不得其解,摇摇头,起身收拾用完早餐的杯盘。等洗完餐具,他忍不住给戴夫拨打电话,可是怎么拨戴夫的手机都没有接。也许戴夫正在忙,克努斯放下电话忙他的事情。又过

第七章 安德利绿洲

了一个小时,他再次拨打戴夫的手机,但怎么也拨不通了。既然电话联系不上,那就用邮件联系他。克努斯进了邮箱,发现邮箱里又有了戴夫的邮件。这封邮件大意是:请不要来了,如果已经到了兰登港,就请返回吧。实在很抱歉,"沙音号"渔船遇到了海啸,要延迟几天才能靠岸,具体到岸时间另行通知等等。克努斯感觉太不可思议了。

在下午两点的时候,网上出现了戴夫船长被任命为戴夫警长的新闻报道。克努斯看了大吃一惊,同样是自由主义者、无政府主义者,怎么突然会摇身一变,成为联盟核心管治团队的一员?这不可能呀。克努斯看着戴夫一身警服的照片,想起了往事。

克努斯和戴夫从小就在赛勒斯城长大,两人从上中学开始,就经常约在一起去赛勒斯地下城玩耍,也建立起了深厚的友谊。克努斯有着计算机编程的天赋,而戴夫迷恋着航海。10年前,克努斯通过网络编程技术,积累了一大笔钱,便开始了阿布拉大沙漠的探险。而戴夫则继承了父亲的酒吧,当了一名酒吧老板。

4年前,克努斯在安德利绿洲定居下来。不久,戴夫在赛勒斯地下河里发现了一艘核潜艇。戴夫的发现,令克努斯非常兴奋,为了躲避联盟的监控,两个人通过暗网频繁交流,也通过暗网联络了很多同道中人。大家为戴夫修理核潜艇提供了大量的人力、物质和资金帮助。二年前,戴夫终于修理好核潜艇,开始在庞大的阿隆索山脉中部的地下河里探险,而克努斯正忙着在辽阔的阿布拉沙漠探险,两个人的联系就此中断。

克努斯突然觉得,戴夫船长一定是有什么别的事情,为了躲避联盟的监控,不能在邮件里说。邮件里的内容不是关键,那什么是关键?除了邮件内容,就剩下发邮件这个行为了,这个行为意味着……

克努斯反复念叨着,突然一跺脚,明白了这个行为意味着他想联系克努斯。至于怎么联系,联系的内容,都不是他在邮件里可以说的，那他一定是放在暗网里说了，就像当年修理核潜艇一样。

很快，克努斯就在暗网里找到了戴夫船长的留言。戴夫在留言里讲述了夏当和亚诺还有47年相撞，联盟主席雷萨为了联盟的和平安定，将这个灾难设为联盟最高秘密。雷萨为了竭力封锁与最高秘密相关联的任何消息，将哈娜等人流放喀尔斯岛。戴夫讲述了那艘核潜艇就是"沙音号"渔船，他驾驶"沙音号"渔船解救哈娜等人的过程，他们现在驾驶"沙音号"渔船正前往兰登港，可能在途中被消灭，也有可能上岸时被逮捕，被扔回到喀尔斯岛与世隔绝。

留言中，戴夫船长提出了请求，希望克努斯能想办法将他们从喀尔斯岛上解救出来。如果他们被消灭了，希望他能向全世界公布联盟的这个最高秘密。戴夫也强调了，公布还是不公布这个秘密，在什么范围里公布这个秘密，在什么时候公布这个秘密，他也拿不准，毕竟这个秘密涉及每一个亚诺人，影响面实在太大，请克努斯根据形势自主决定。最后，戴夫还将桑托斯在手机上记录的驾驭牛溪鲸到达喀尔斯岛的全过程上传到暗网。

"戴夫这小子，这是给我挖坑呢！"

喀尔斯嘀咕道。虽然口里这么说，脑袋却开始盘算起来。戴夫船长在早上7点以前还在想着死亡或者流放，下午就成了联盟警长，这中间发生了什么样的变化？他既然当了联盟警长，他的船员，还有桑托斯和哈娜等人，他们还会被扔到喀尔斯岛么？他们都死了么？戴夫自己已经脱身了，还有必要救他们么？喀尔斯岛是移动的，现在会在哪儿？戴夫现在是警长了，还会进暗网么？

"不管如何，还是先要查看喀尔斯岛的情况。"

克努斯摇着头，骂骂咧咧地说：

"戴夫这小子，把我吃透了，就知道我不会袖手旁观。"

第八章　克特里群岛

联盟主席雷萨在本格拉城墙头，微笑着紧紧握住戴夫警长的手。

"德米副主席会与你进行工作交接。你将拥有……"

雷萨转身依次指着本格拉城的四个正方形建筑。

"这四个魔方，它们会赋予你权力，好好行使手中的权力，我还有重要的任务等着你完成。"

戴夫警长躬了躬身，登上穿梭机，飞向赛勒斯城。

雷萨目送穿梭机远去，接着握着德米副主席的手，冷冷地命令道：

"看管好戴夫，一定要找出他的另一个社会。"

"一定完成任务。"

德米警长鞠了一躬，转身登上穿梭机，消失在云层里。

戴夫待在赛勒斯大学旁的酒吧里，喝着闷酒。这间酒吧不再是自己的了。联盟规定核心管治团队及联盟警察全部由联盟财政经费供养，要求联盟核心管治团队和联盟警察必须一心一意为普通公民服务，不得从事其他营利性活动。戴夫不得不把这间酒吧卖掉，仅仅保留了楼上一间套房供平时起居。由于管辖的1亿公民遍布世界各地，警长会经常满世界跑，使用这间套房的机会其实并不多。戴夫留着它更多地是留着一份记忆。

戴夫打心眼里是不愿意当这个警长，他这样委曲求全，只是想利用这个警长的权力，尽快将桑托斯等人营救出来。他心里明白，雷萨让他当警长，就是想将他放在眼皮子底下，最终找到赛勒斯地下城。他不能轻易去赛勒斯地下城，也不能主动和地下城的朋友们见面或者联系。蒂姆和莫妮卡，也是桑托斯的朋友，他们也一定在想办法，如果能够联系上他们就好了。没有他们的帮忙，救出桑托斯等人谈何容易。

他喝了一口酒，想起了克努斯。他在阿布拉沙漠徒步么？他看到了暗网里的留言么？我还能和他在暗网里通信么？魔方 A 不能对所有的暗网活动进行追踪，能不能对某一个特定人的暗网活动进行追踪呢？如果能的话，就不能在暗网里联系克努斯了。那会给他带来麻烦。戴夫感觉自己被关在笼子里，找不到突破口。他越想越烦，猛地一抬手，将酒杯里的酒一饮而尽。

戴夫起身上楼，在套房里间的卧室里躺下，床头柜上的手机响起。他接通了电话，响起了联盟副主席德米的语音。

"明天早上 9 点，请到兰登港警察局。"

戴夫警长早上 7 点出发，乘坐联盟配备的专用穿梭机，前往兰登港警察局。专用穿梭机只用一个半小时就到了兰登港。看到还有时间，他让穿梭机停在了 5 号码头。

站在码头栏杆旁，他朝着海面远眺，吉瑟红彤彤地悬挂在海面上，温和地看着海鸟上下翻飞，啄食着瑟光播撒在浪尖上的闪闪鳞片。"沙音号"渔船在哪儿？戴夫警长心里想着。

"它不在这儿，别想它了。"

德米出现在戴夫身旁，猜到他在寻思着"沙音号"渔船。

"那是一艘好船呀。"

戴夫叹息一声。

德米也提早到了兰登港，也许是想着他的警察战友，竟然不自觉地来到 5 号码头。那天就是从这儿，他亲自将 24 个兄弟姐妹送上了不归路。

德米和戴夫，两个人各怀心思，一起来到警察局，站在一块大屏幕前。

第八章 克特里群岛

"你应该获得口令了。"

德米介绍了本格拉城的魔方 A、K、Q、J 的基本情况。这四个魔方，戴夫也有所耳闻，之前克努斯曾给他介绍过。这次能亲自进入，戴夫还是有些激动。德米告诉戴夫，联盟 111 人核心管治团队，每一个成员都有进入口令。警长的使用权限最低，只能看到所管辖 1 亿公民的情况，联盟副主席可以看到所管辖的 10 名警长及其 10 亿人的情况，联盟主席可以看到所有人的情况。

"我只能使用四个魔方的部分资源和功能，不在我管辖范围内的，我没有权限，是吗？"

戴夫警长再次确认，德米副主席点了点头。

"现在，我将开启口令设置，接下来就是你设置口令。"

凭着雷萨签发的警长委任状，德米开启口令设置程序。在口令设置程序引导下，戴夫警长完成了自己的口令设置。至此，戴夫警长才算正式走上工作岗位，能够使用魔方系统管理 1 亿公民。

"你需要再招聘 24 名警察。"

德米领导的警察队伍也要移交给戴夫。只是，有 24 名警察在喀尔斯岛，永远回不来了。

戴夫警长先是一愣，突然意识到了什么。

"逮捕行动队的 24 名警察怎么啦？"

德米一时拿不定主意究竟要不要告诉他原因。

"是不是也留在了喀尔斯岛？"

戴夫警长死死地盯着德米。德米叹了口气，不得不点了点头。

"这真是……"

戴夫突然停住了，他原本想说这真是太过分了，但是想到自己的一言一行都是被监控的，他连忙改口道：

"这真是考虑得太周到了。"

"你知道我要当警长吗？"

戴夫觉得德米应该不知道。

"警长只负责执行联盟主席或者副主席的命令,不能打听命令背后的缘由。我不知道雷萨为什么要见你。更不知道他会任命你来接替我。"

戴夫警长幽幽地看着德米。

"那就是说,你在喀尔斯岛还留着我一个房间了。"

"再见!"

交接工作已经完成,德米和戴夫握了握手,道了一声别,便快步离开。

戴夫警长看着德米的背影,感觉到他的内心存有一丝丝悲哀。那一定是喀尔斯岛上的 24 名兄弟姐妹——他们的流放——带给他的悲哀。突然,他眼睛一亮,德米让他招聘 24 名警察,如果赛勒斯地下城的朋友里,只要有一个是戴夫警长管理的普通公民,就可以将他招聘成警察,那样的话,就可以通过他来建立与地下城的联系。

戴夫警长在魔方 A 里搜索了他几个朋友的名字,都不是他管辖的普通公民。他又扩大了搜索范围,将整个赛勒斯城的普通公民都纳入到搜索对象,结果有 7 个人是自己管理的普通公民。他对他们发出了邀请,结果有一位女生答应了邀请。

戴夫和她在酒吧里见了面。她叫薇欧拉,27 岁,曾是空手道运动员,现在在赛勒斯大学当体育老师。两人聊得很愉快,薇欧拉自然答应了戴夫的聘请。戴夫报请德米的同意后,薇欧拉正式成为一名联盟警察。

薇欧拉知不知道地下城,去没去过地下城,这些不得而知。戴夫只能在相处过程中慢慢发现。在他印象中,赛勒斯大学有些人是去过地下城的,比如蒂姆和莫妮卡。薇欧拉去过的可能性很大。即便她没去过,只要她愿意去,就可以建立起他和地下城朋友们的桥梁。有了他们的帮助,桑托斯等人就可以被救出来。

戴夫一直想进暗网看一看克努斯有没有留言,但是又不敢进，担心魔方 A 的追踪，暴露了自己的意图。暴露了自己的意图也不要紧，就是怕牵涉到克努斯。如果把克努斯也关到喀尔斯岛，那就太对不起好朋友了，他会难过一辈子的。

克努斯在暗网上留了言：
救援行动还需要继续吗？盼复。
接着便开始研究桑托斯驾驭牛溪鲸前往喀尔斯岛的航行记录。通过航行记录里的声呐探测数据以及牛溪鲸逼近喀尔斯岛的运动轨迹，克努斯绘制出了喀尔斯岛的移动轨迹。桑托斯前往喀尔斯岛大约花了 3 天的时间，克努斯只能确定喀尔斯岛后两天的移动轨迹。这两天的移动轨迹高度相似，这表明喀尔斯岛每天的移动轨迹很有可能是相同的。如果一直是这样的话，那它现在的位置就很好确定了。

接下来是如何接近喀尔斯岛而不被魔方系统发现，或者说在抵达前不被发现。桑托斯的方法确实很好，但是牛溪鲸只能驮两个人，无法将岛上的人都带回来。去的时候必须驾驭 1 只，再带上 5 只，才能把岛上的人尽数救回来。此时的克努斯，并不知道岛上还有 24 名警察。

即便救出了岛上的人，要将他们安置在何处才好？这天下，都是联盟的天下，逃到哪儿去，都是枉然，都会被雷萨发现。赛勒斯地下城虽然可以躲藏，但是一辈子不见瑟光，也是一种监禁。

或许只能发布联盟的这个最高秘密了，让全世界的人都知道李星将要碰撞。这样的话，喀尔斯岛上的人，就没有必要再被隔离了。可是魔方 A 时时刻刻监督着舆情，网上发布虽然可以一传十，十传百，非常迅速地传开，但是李星将要碰撞的消息一旦上网，就会被魔方 A 立即封杀。即便这个时候零星几个人看到这个消息，他们也只会像哈娜一样，被立即隔离起来。

克努斯进行了简单的测算，在网上发布消息到魔方 A 识别消息并封杀消息，这段时间也就 5 分钟。如果能确保全球 30%

的人，也就是33亿亚诺人看到这个消息，魔方A就没办法进行全面封杀。要在5分钟之内让33亿亚诺人看到这条消息，这是不可能的事情。魔方A发现哈娜在TNR上发布的那条信息并封杀时，全网仅仅只有7个人看到它，更不用说33亿人了。

通过手机电话、短信等方式，那更不可能，消息还没传给5个人，就会被魔方A锁定，被雷萨隔离。

克努斯思来想去，唯一的办法就是在暗网里和那些同仁留言，也就是自己所认识的那些无政府主义者，那些自由主义者，让他们知道这个47年后要发生的大灾难，让他们去一点点地泄露联盟的这个最高秘密。

克努斯想到这儿，在暗网上给戴夫又留了言：

我已经将最高秘密告诉了我的一些朋友们。

喀尔斯岛上，罗德里格斯和格曼妮已经彻底疯了。按照雷萨的吩咐，他俩提前一周回到了家中。德米副主席借此时机，请求雷萨召集副主席商议岛上人员的下一步安排。

德米的请求是合理的。现在岛上还关押着35个人。他们的亲人朋友同事等等，这些关联者加起来就有成百上千人。这些关联者的管理者必然会涉及所有的警长和所有的副主席。不但要控制住这35个人，还需要密切关注他们的关联者，这就必须雷萨出面，召集副主席们一起共同商议下一步的打算。

联盟主席雷萨答应了德米的请求。在会上，魔方A根据年平均联系次数，将这35个人的关联者分成了三类：密接者，次密接者，偶遇者。魔方A进行了统计，结果令人吃惊，三类人员总数达到8300万人，主要集中在次密接者和偶遇者。魔方A的统计分析表明，由于35人中有24人是警察，警察的工作主要是和人打交道，密接者和次密接者就很多。密接者和次密接者再关联的人就更多。魔方A只是统计了两步关联，即这35个人的关联者和关联者的关联者，如果统计三步关联的话，就会涉

第八章　克特里群岛

及 96 亿人，几乎所有亚诺人都涉及到了。三步关联实际上没有意义。

在大家的提议下，魔方 A 按密接者和密接者的密接者进行统计，这个数量也相当惊人，居然也有 1400 万人。

德米副主席在会上首先提出建议：警察的关联者太多了，不能让他们都成为疯子，否则影响面太广，容易引起普遍的猜疑，甚至引起抗议，不利于社会稳定。

施罗德副主席同意德米的建议，并谈了自己的想法：联盟可以和警察家人说，他们执行重要秘密任务，有 1 年多不能回家。这样解释估计家人们也能接受。再让魔方 A 模拟警察，保持定期与家人视频通信，估计能够稳住所有的关联者。对于岛上的其他人，还是按原计划执行，通过投药，让他们一个个都疯掉。

昌盛津副主席表达了不同意见：船员们长期在海上漂流，本来就与亲人们相聚的少，也可以通过模拟通信，来稳住他们的密接者。桑托斯、哈娜等 5 人，他们已经很清楚，自己的结局就是发疯。这次重回岛上，肯定不会再吃端给他们的饭菜。岛上警察，每个人省一口，就足够他们吃饱了。让他们都疯掉，其实没有意义。

其他副主席也纷纷表示，与其分别对待，还不如一视同仁，让他们都健健康康地待在岛上。

雷萨听了大家的议论后决定将考伯特、威廉、沙玛直接转到喀尔斯岛下的帕奎号航母里关押，让他们尽快疯掉，以便兑现他当初所做出的承诺。桑托斯已在岛上，不用再兑现承诺了，就让他陪着哈娜。他俩和警察、船员一起，继续关押在喀尔斯岛上，正常供应饭菜，保证营养卫生。

雷萨接着指出，上次诱捕哈娜等人，直接说是雷萨的命令，所以亲自面见他们的亲人，很有必要。这次流放的人太多，由警长或者副主席负责接见他们的亲人。如果还不行，他可以视频接见。

雷萨最后强调,核心管治团队所有成员必须高度重视此次亲人接见,认真做好安抚工作。最后,雷萨意味深长地扫了大家一眼。

"留给我们的时间不多了。"

大家都默默点头,唯独德米副主席满腹疑惑,愣在那儿。

会后,德米副主席向戴夫警长传达了会议精神。戴夫警长感到高兴的是桑德斯以及他的船员可以安然无恙,遗憾的是考伯特、威廉和沙玛没能幸免。

"我已经尽力了。"

德米副主席也感到同样遗憾。

"毕竟你我的人都保住了,这很不容易。"

"这也是雷萨的仁慈。他显然知道我的意图。"

德米副主席不忘表达对雷萨的忠诚。戴夫警长也意识到了,连忙点着头表示赞同。

戴夫警长约了薇欧拉在酒吧见面。薇欧拉很兴奋,刚刚落座,便问道:

"有什么任务?"

戴夫警长微微一笑。

"你现在是入职培训阶段,没有任务。"

"那你叫我来干吗?"

"聊天,喝酒。"

戴夫见薇欧拉没有拒绝,便招了招手,服务员拿着酒单过来,点了两杯红酒。

"我曾是这酒吧的老板,因为联盟有规定,不让警长经营酒吧,我就把它卖了。"

服务员将两杯红酒摆在他们面前。戴夫举起酒杯喝了一口。

"我知道。这酒吧有好多年了。我以前来过,也曾见过你。"

薇欧拉也举起酒杯品了一口。

第八章 克特里群岛

"确实是的,我在这儿好多年了,认识赛勒斯大学里很多老师。不知道有没有你认识的。"

"我读大学就在赛勒斯,毕业后留校当体育老师,也待了快10年了,我相信一定有我们共同认识的人。"

薇欧拉来了兴趣。

戴夫说了几个人名,有的薇欧拉认识,有的薇欧拉不认识。

说到认识的,他俩会谈谈对这个人的看法,讲讲他们之间发生的趣事。聊天的气氛越来越融洽。

"你认识计算机系的莫妮卡吗?她和你年龄相仿。"

薇欧拉摇了摇头,表示不认识。

"她是个有趣的人,你有机会可以认识一下。"

戴夫随手写下了她的电话,交给了薇欧拉。

他们接着又聊了校园里的逸闻趣事。两个人喝得都有些微醺,相互搀扶着上了楼,在戴夫的套间里睡了。

事情进展很顺利,过了一个礼拜,薇欧拉就和莫妮卡很熟悉了。

"戴夫警长,我们一起去酒吧喝酒吧。我把莫妮卡也叫上。"

戴夫听了正中下怀。急忙应承下来。

在酒吧里,三个人见了面,相互拥抱后,便坐下来点了酒。

莫妮卡和戴夫心照不宣。新闻曾经报道过,所以莫妮卡和蒂姆知道戴夫当警长了。赛勒斯地下城里认识戴夫的人,都知道他当警长了。戴夫当上警长头三天,大家都担心地下城可能保不住了。三天过去,一切照旧,平安无事,大家就知道戴夫还是很够义气,没有揭发地下城。尽管这样,大家仍然不敢再联系他。薇欧拉找到莫妮卡,莫妮卡立即就明白了,戴夫想联系他们这帮地下城的老朋友,而且派来一个美女警察,曾经也是赛勒斯大学的老师,这肯定是戴夫的善意联系。

薇欧拉毕竟是警察,莫妮卡出于谨慎考虑,在和她相处过程中只字不提赛勒斯地下城。莫妮卡和蒂姆经过商量,一致判定,戴夫警长想和他们建立联系。联系的目的就是为了营救桑托斯和哈娜等人。

蒂姆心里也清楚，戴夫警长现在被关注得更严密了，只怕在荒郊野岭说句悄悄话，都有可能被魔方K监听到。不能主动联系戴夫警长，蒂姆左思右想，最后告诉莫妮卡，要让薇欧拉主动提出来三人聚会，那就是最好的方式了。这就不会让魔方K起疑。莫妮卡成功地让薇欧拉做到了。

三个人几杯酒下肚，话就越来越多，越来越热烈。

"听说你当了……当了……当了船长？"

莫妮卡喝得有些舌头不利索。

"是的，我当警长前，是'沙音号'渔船的船长。"

"快说说，出海捕捞有趣么？"

薇欧拉摇着戴夫警长的手臂催促着。

戴夫警长讲了他们如何捕捞纹燕鱼，又如何利用纹燕鱼引诱牛溪鲸，薇欧拉听得津津有味。

"那怎么当上警长的？"

薇欧拉冷不丁问。

戴夫警长不能告诉实情，只能撒谎。

"德米警长要提拔成副主席，他很喜欢我，就推荐我接替他的警长职位。雷萨居然同意了。"

"一人得道，鸡犬升天。"

莫妮卡挖苦讽刺戴夫，看上去像是喝多了酒。实际上，她掌握了一些线索。自从在兰登港和戴夫分手后，就一直不知道他的去向。现在她知道了，戴夫当初的核潜艇被联盟收编后，改造成了"沙音号"渔船。这是一条重要信息，她可以让蒂姆的翠鸟系统查一查"沙音号"渔船的航行线路。另外，戴夫提到了纹燕鱼和牛溪鲸，可以查查这两种鱼经常出没的区域。有了这些信息，只怕就可以找到喀尔斯岛。桑托斯也好久没见行踪，他又去哪儿呢？会不会他俩在一起？桑托斯要找喀尔斯岛，乘坐戴夫的渔船，可以掩人耳目，是最好的方法。"

"我困了。"

戴夫有意表现出不高兴，阴沉着脸，向服务员招了招手，表示要买单走人。

三人聚会不欢而散。

蒂姆在翠鸟系统里输入了"沙音号"渔船的有关数据。这些数据，当初戴夫修理核潜艇时，蒂姆手头上就有。蒂姆是计算机教授，也帮助戴夫修理过核潜艇。

翠鸟系统综合立体声呐监测网的部分数据、兰登港的轮船进出港信息、卫星信号等，分析得出的结论是"沙音号"渔船从纹燕鱼捕捞区到达了喀尔斯岛，"沙音号"渔船在喀尔斯岛有超过12小时的停留，"沙音号"渔船抵达兰登港4小时后，戴夫船长当上了警长。

翠鸟系统很容易就确定了桑托斯在学校放寒假的第一天，回到了阿隆索山脉的家中。接着在第二天，登上了"沙音号"渔船。看到这里，蒂姆朝莫妮卡竖起来大拇指，称赞莫妮卡分析判断得非常准确。

翠鸟系统同时还给出了"沙音号"渔船停靠5号码头的相关信息。有两艘穿梭机曾先后在5号码头起降。一艘小型穿梭机降落不久，便起飞向北驶去。一艘大型穿梭机降落不久，向南驶入。翠鸟系统还给出了两艘穿梭机的型号与编号。

蒂姆和莫妮卡反复看着这些信息，便知道了一些眉目。显然，戴夫和桑托斯驾驶"沙音号"渔船寻找到了喀尔斯岛。蒂姆有给过戴夫喀尔斯岛的大体方位，也给过航母的噪音特征参数。这为他们提供了找寻的基本条件。

"沙音号"渔船既然在喀尔斯岛停留了12小时多，应该相信他俩成功营救了哈娜。但是他们的营救极有可能被发现。5号码头是联盟的专用码头，"沙音号"渔船停靠这个码头，表明他们被雷萨发现并控制。一艘大型穿梭机向南开,有可能是把"沙音号"渔船上的人再送回喀尔斯岛。另一艘小型穿梭机,根据型号与编号,属于雷萨的专用机,而且向北飞,肯定是去本格拉城。一定是载着戴夫去见雷萨。见面后,不知何故,任命戴夫为警长。

如果事情真是这样,那戴夫警长见莫妮卡的意思很清楚,那就是希望蒂姆和莫妮卡能够帮忙营救桑托斯和哈娜。

"等'阿尔法'回来后,再采取行动。"

蒂姆望着电子屏幕,沉思起来。

莫妮卡从聪达公司辞职后,蒂姆安排了一名本科毕业生接替莫妮卡的职位。这名毕业生的使命就是拿到"阿尔法"身上的备份,交给蒂姆。由于喀尔斯岛上流放人数增加明显,原本只有3个机器人警察,现在增加到了9个,"阿尔法"提前返回聪达公司。莫妮卡见到戴夫两天后,"阿尔法"的备份就放在了蒂姆和莫妮卡的面前。

蒂姆和莫妮卡现在终于知道了雷萨的秘密。蒂姆通过翠鸟系统进行验证,正如哈娜、考伯特等人在喀尔斯岛上餐厅里得出的结论一样,阿维罗卫星出现后,夏当和亚诺确实会碰撞。翠鸟系统的计算结果也和考伯特在"沙音号"渔船上的计算结果一致,相撞发生还剩47年零5个月。

"雷萨丧心病狂,尽然把警察也流放到喀尔斯岛。那可是为他服务的人啊。"

莫妮卡显得很气愤。

"要想从根本上解放他们,就必须彻底地消灭雷萨。"

没有人可以逃过雷萨的魔方系统,岛上的人,走到哪儿也都飞不出雷萨的掌心。即便可以躲避一时,也不可能躲避一世。赛勒斯地下城,不过是一个更大的喀尔斯岛,永远不能光明正大地融入整个亚诺社会。只有消灭雷萨,消灭联盟制度,才是最根本的办法。蒂姆猛地挥手一拍桌子。

第八章 克特里群岛

"走，去克特里群岛！"

克特里群岛包围着克特里洲。克特里洲的东面，称为东克特里群岛，同样，也有南克特里群岛，西克特里群岛和北克特里群岛。

蒂姆和莫妮卡要去的是卡姆洛大洋西岸的东克特里群岛，那儿有前联盟时代的战争机器。联盟成立时，全世界的航空母舰等军舰封存在群岛上诸多的海湾里，飞机、大炮、坦克、装甲车等战争机器，封存在大大小小的岛屿上。蒂姆觉得是时候行动了，他和莫妮卡要使用战争机器来推翻联盟。

克特里群岛有 20 多万个岛屿，每个岛屿使用数字编号命名。在东克特里群岛的 750105 号岛屿上有全球著名的旅游休闲度假区。750105 号岛屿在北纬 7° 附近，常年瑟光充裕，温度适宜。柔软的沙滩环绕着整个岛屿，在海面上画了一个白色的细圆环。圆环里是郁郁葱葱的热带森林。岛边的海水非常清澈，就像无瑕疵的玻璃一样。海水的颜色随着瑟光的变化，在墨绿、翠绿、青、淡蓝、深蓝之间变换着。

在热带森林里，星星点点地散落着风格迥异的五星级酒店。酒店占据着最美的风景点，有的在森林边，可以供游客在海滩上漫步，在海水里游泳冲浪，在露台上远眺海天一色。有的在森林里，可以供游客聆听山涧溪水的淙淙声，鸟儿的啾啾，树叶的簌簌，欣赏林里的奇花异兽。

在森林的中央，坐落着一个巨大的武器博物馆，展览着前联盟各个国家的各式各样的武器。博物馆里有军机展厅、坦克装甲展厅、导弹展厅、枪炮展厅……军舰展厅设在离岛不远的另一个编号为 750106 的月牙形岛屿上，它有一个天然的海湾，里面船挨着船，停满了航空母舰、驱逐舰、潜艇、巡洋舰……游客要参观军舰展厅，需要乘坐武器博物馆的通勤航班。为了让游客体验 150 年前的军事装备，博物馆使用前联盟时期的军用运输直升机往返运送游客。博物馆通过展示这些武器，让亚诺公民深刻认识战争的残酷，珍惜和平的美好生活。

蒂姆和莫妮卡扮成休闲旅游的样子，戴着墨镜，他穿着短袖T恤和沙滩裤，她穿着吊带衫和超短裙，都趿着拖鞋，入住在武器博物馆旁的丽丝大酒店。他们像其他旅客一样，走遍了岛上的风景点，表现出流连忘返的样子，实则是察看着岛上的交通与地形。

他们对岛上情况了如指掌后，买了武器博物馆的门票，开始仔细地参观。他们重点察看了军机展厅。军机展厅是露天展厅，各种各样的军机停放在跑道旁，讲解员仔细讲解着飞机的功能和性能。旁边有飞行员随时待命，如果有游客提出乘坐需求，飞行员可以驾驶飞机，带着游客翱翔蓝天。蒂姆和莫妮卡详细询问了战略轰炸机的相关情况。蒂姆额外付了钱，让飞行员驾驶轰炸机带着他们在空中兜了半个小时的风。

他们也参观了弹药展厅和导弹展厅，还乘坐着博物馆提供的通勤直升机，参观了月牙岛海湾里的军舰展厅。他们还乘坐了军用橡皮艇在海面上行驶，感受着海风的吹拂和颠簸起伏的刺激。

蒂姆和莫妮卡参观完武器博物馆后，回到丽丝大酒店退了房，乘坐观光电动车，来到海边的梦澜大酒店办理了入住手续。连着两天，他们白天要么在泳池里戏水，要么在海里搏浪，傍晚在沙滩上漫步，晚上在露台酒吧里喝酒听歌或者远眺海上的繁星点点。在享受休闲时光的掩饰下，他们商量着战略轰炸机袭击本格拉城的行动方案。

"你会使唤那只大笨鸟么？"

蒂姆称战略轰炸机为"大笨鸟"。

"没想到150年前的技术也很先进。"

莫妮卡一边走着，一边用力地踩着沙滩，留下一串串深深的脚印。

"驾驶员的操作，你都记住了？"

蒂姆有些不放心。

"那个年代的飞行员很轻松,起飞和降落时在触摸面板上点几下就完事了。"

莫妮卡表现得胸有成竹。其实,仅靠飞机展厅上空半个小时的飞行体验,肯定是不够的,那只能是初步了解。她为了熟练驾驶这架飞机,专门下载了一款"疯狂战争"的VR游戏,里面正好有这款战略轰炸机。在酒店为游客提供的电子游戏厅里,她使用虚拟增强现实模拟飞行装备,进入这款游戏的训练模式,反复练习驾驶技术。经过一次次的坠毁,她终于能够娴熟地驾驶它了。

"从这儿到本格拉城有多远。"

莫妮卡看来下了不少功夫,担心航空汽油不够用,大笨鸟飞不到目的地。

"考虑亚诺自转产生的西风影响,先偏东北上,翻过朵拉美大洋,向南走,这是最经济的航线。大约有……"

亚诺行星有四大洋,朵拉美大洋在亚诺北极,海面终年被冰雪覆盖,东接达拉尔大洋,西连卡姆洛大洋。在四大洋中,达拉尔大洋最大,其次是卡姆洛大洋,汉昌大洋第三,朵拉美大洋最小。

蒂姆心里默默计算了一下,弯腰从沙滩上捡起一块薄片状珊瑚石,朝着海面使劲地打水漂。看着旋转的珊瑚石贴着海面一次次地弹起,一共弹跳了32次,大约飞行了50米,终于沉入海里。

"大约有14000千米。"

"我看了那只大笨鸟的燃油量,只能飞行5600千米。"

莫妮卡也捡了一块石头扔出去,只两下便没入水中。

"那个飞行员说了,这个大笨鸟一般情况每天起码飞行两次,上午一次,下午一次。"

莫妮卡有些不甘心,又捡了一块石头,准备再打水漂。

"别打了,你捡的珊瑚石形状不对,不是球形的,一定要薄片形的。扔出去要带旋转的,旋转得越快越好,还要扔得越远越好。这扔出去的手法不像看上去那么简单。"

"每天飞两次,大约飞行 1000 多千米。已经飞行了两天,我估计,后天博物馆闭馆时,飞行员一定会给飞机加满油。加一次油可以飞 29000 千米,足够我们到本格拉城了。"

莫妮卡随手扔掉了石头。

"我们后天晚上动手,应该没问题。只是石头怎么办?"

莫妮卡说的"石头",便是航空炸弹的意思。弹药展厅的那些航空炸弹,为了游客安全肯定没有填装炸药。

蒂姆站在海边,紧缩眉头,一言不发,任凭浪花拍打着他的双腿。导弹展厅的巡航导弹,也一样是银样镴枪头,中看不中用。

"那只大笨鸟上有降落伞么?"

蒂姆眉头终于舒展开来。

"你忘了,前天飞行员在飞行前的安全提示时,曾告诉我们座位下有弹射装置。飞机若是出事了,一按座椅扶手的按钮,它就可以连人带座椅一起弹射出去。出去后降落伞会自动打开。"

莫妮卡在游戏中坠机过很多次,自然跳伞也是驾轻就熟了。

"到了本格拉城,我们跳伞,让这架飞机撞毁本格拉城。"

莫妮卡先是一愣,然后由衷地点头,"太妙了,飞到本格拉城,还有一半的航空汽油,那可是 100 多吨,足足可以把它融化。"

"飞机速度 1.5 马赫,垂直向下撞击本格拉城,效果更猛烈。"

蒂姆抬起脚,猛地往下一跺,溅起一大片水花,仿佛他的脚就是战略轰炸机似的。莫妮卡有些惊诧,他居然知道大笨鸟的飞行速度。看来他也做了一些功课。

"大笨鸟大约需要飞行 7 小时 45 分钟。我们后天晚上 11 点行动,会在本格拉城当地时间晚上 8 点左右抵达。联系翠鸟,让它安排穿梭机到本格拉城接我们。"

蒂姆纵身一跃,迎着海浪扑进海里。

第九章　阿布拉沙漠

戴夫警长请薇欧拉喝酒，期间聊到赛勒斯大学时，为了混淆视听，给了她好几个大学老师的电话，莫妮卡只是其中之一，只留莫妮卡的电话，容易让人认为戴夫这是在联系地下城的朋友，这会让雷萨盯上莫妮卡。一旦被暗中盯上了，那蒂姆也会被盯上，再指望他俩去喀尔斯岛救船员们，还有桑托斯等人，是不可能了。

这些老师都曾经是薇欧拉的同事，薇欧拉也想认识认识，也许通过他们，可以更好地了解戴夫警长，更好地赢得这个上司的好感。

薇欧拉首先选择了莫妮卡。戴夫警长说过她俩年龄相仿，应该比较好接触。实际情况也是如此，她们见面聊得很融洽，也像与戴夫聊天一样，聊到了自己熟悉的朋友，有共同认识的，也有对方不认识的。

薇欧拉感觉莫妮卡有些拘谨，有戴夫警长参加的那次三人聚会，她更拘谨些。她觉得可能是自己的警察身份和戴夫的警长身份让莫妮卡拘谨了。她决定再和其他老师联系时，先不暴露身份。

按照戴夫警长提供的电话，薇欧拉又联系了5个老师。每次见面，薇欧拉都会自我介绍是空手道教练。这一招确实比较管用，他们和她聊天都很放松，也很愉快。大家共同认识的朋友越来越多，薇欧拉的朋友圈也越来越大。

这天，薇欧拉联系了最后一个老师，她叫丽娅。听戴夫警长介绍，她60岁左右，是赛勒斯大学的音乐老师，年轻时经常在戴夫的酒吧唱歌，是戴夫小时候的偶像。

薇欧拉和丽娅一起，坐在酒吧街边的椅子上，晒着午后的瑟光，喝着咖啡聊着天。看得出来，丽娅年轻的时候是个大美人，歌又唱得好，一定很迷人。薇欧拉一见到她，便由衷地恭维她，逗得她很开心。两人聊着聊着，丽娅很自然地讲了戴夫小时候的一些趣事。

"第一次带他去地下城，他居然不想出来了。"

丽娅回忆起戴夫不想出来的情景，不禁哈哈大笑起来。"那地方确实有趣。"

"什么？地下城？"

薇欧拉有些不明所以。

"你没去过？"

丽娅有些不相信。在她看来，戴夫喜欢地下城，他的朋友也应该去过。看着薇欧拉一脸懵逼的样子，她感慨道：

"好久没去了，也不知道现在变成啥样子了。"

"地下城怎么有趣了，戴夫这么喜欢。"

薇欧拉也有些好奇。

"自由，一种没有眼睛盯着你的自由感。"

丽娅压低声音，左顾右盼了一下。

"你现在不自由吗？"

"戴夫是警长了，他这会儿可能就看着我们在一起聊天呢！"

丽娅像发现有人在偷窥她似的，不禁又左顾右盼起来。

"没事，你不是他的管理对象，他就无权监控你的行踪。"

"管理我的警长可以，他正看着我。还有联盟副主席，还有联盟主席，他们都在看着我。"

丽娅越来越不安。

"他们一般不会去查看你的行踪记录，更不会时刻监听你。

第九章 阿布拉沙漠

我们这是在露天呢，我们讲话，他们没法监听。除非是现在盯上了你。"

薇欧拉的意思是不是特殊人物，不是警长以上的大人物，不会被时刻监听。

"好难受呀。我好像没穿衣服，好不安全呀！你得陪我去地下城待一待。"

丽娅有些歇斯底里了，拉着薇欧拉就走。

德米副主席在当警长期间，曾经办理了一起抢劫案。德米通过魔方系统，很快锁定了案犯。等到警察前去逮捕时，案犯突然失踪，魔方系统再也没有找到。虽然没有抓到案犯，德米还是找到了那副钻石项链。据被劫女孩称，这是祖传的项链，不仅仅昂贵，更重要的是具有纪念意义。这还是6年前的案子。受害女孩是赛勒斯大学的学生，德米归还项链给她时，她感激涕零，内心始终存有报答他的心愿，这个女孩就是薇欧拉。

薇欧拉从赛勒斯地下城一上来，就想着联系德米副主席。她知道德米一直耿耿于怀6年前那个抢她项链的在逃犯。她判断，他一定就躲在地下城。她要立即告诉德米这个线索，去地下城查找，说不定就能抓到这个在逃犯。德米内心多年的纠结也就可以了结。如果真是这样，这也算是实现了自己的心愿。

德米副主席面见了薇欧拉。薇欧拉向他详细汇报了丽娅带她去地下城的整个过程，在地下城里的所见所闻。德米副主席虽然有些预料，但是还是很吃惊，居然真的存在着魔方系统监控不到的地方，一个独立于亚诺社会之外的地下社会。雷萨判断得很对，戴夫不足以信任，他确实和地下城有瓜葛，也正试图通过薇欧拉与地下城建立联系。

为了完成雷萨交办的任务，德米时刻盯着戴夫的一言一行。德米知道戴夫从小在赛勒斯城长大，早在戴夫挑选薇欧拉当警察之前，德米就想到了薇欧拉，觉得她是警察的适合人选。于是，

137

他在魔方A中做了一些设置，将薇欧拉和他之间的关联事项屏蔽，这让戴夫挑选时不会心存芥蒂。同时，将其他人配置为密切关注，只要戴夫向他们发出招聘邀请，就会转到德米这儿，由德米代为应对。6年前的抢劫案使他对薇欧拉比较了解，他相信薇欧拉十有八九会当警察，她会为了帮他抓住那个在逃犯而接受戴夫的邀请。

事情如愿进行。戴夫向薇欧拉等人发出了邀请。德米拦截了邀请，以他们的名义，用各种各样的理由拒绝了戴夫。唯独薇欧拉收到了邀请并自主表达了意愿，薇欧拉觉得这是报答德米的好机会。德米现在是副主席了，更不可能亲自在一线抓逃犯了，更需要有人帮他抓到这个逃犯。她接受了戴夫的邀请，自然而然地成了一名警察，也不知不觉地成了德米的线人，戴夫身边的卧底。

德米这手随意安排，并没有太多指望，哪知道天意使然，让薇欧拉无意中发现了赛勒斯地下城。

"我们一起再去瞧瞧？"

德米想在报告雷萨之前，亲自去感受一下。

"没问题，丽娅告诉我密码了。"

当德米和薇欧拉在赛勒斯地下城的时候，戴夫警长始终联系不上薇欧拉。他通过魔方K，看到了薇欧拉和丽娅在街边喝咖啡，她俩消失在赛勒斯地下城的入口，薇欧拉出了地下城后去了一栋别墅，之后她又消失在地下城的入口。她去别墅肯定是为了见一个人，他会是德米吗？戴夫试着联系德米，同样也联系不上。他感觉薇欧拉不仅见了德米，还领着他去了地下城。魔方系统有规定，不可以让下级察看到上级的行踪，除非是上级允许。薇欧拉面见德米，和德米一起去地下城的视频，魔方系统都抹去了德米的身形，看上去只是薇欧拉一个人去了别墅，又回到地下城。

赛勒斯地下城怕是保不住了，迟早要被雷萨监控。蒂姆的

第九章 阿布拉沙漠

翠鸟系统也会被查封，那相当于蒂姆失去了双眼。蒂姆、莫妮卡等地下城的朋友们必然会被严密监控一段时间，甚至还会被拉去坐牢。指望他们营救桑托斯、哈娜等人，还有自己的船员，十有八九是不可能了。

德米发现了赛勒斯地下城，将会把主要精力用在它身上，必然放松对戴夫的监控。监控戴夫就是为了找到地下城，现在已经找到了，监控他的意义就不大了。戴夫想到这里，做出了自己的决断，必须乘着这个空隙，使用暗网，联系克努斯。

戴夫在手机上进入暗网，看到了克努斯的两条留言，然后做了回复：我是被迫当上警长的。喀尔斯岛上还流放了24名警察。岛上实际为35人。岛上的人员不会疯掉，暂时平安。救援应该继续，只是不再那么紧迫，一年之后可能前景不妙。你不担心你的朋友们知道了联盟最高秘密会像我的船员那样被流放岛上吗？

克努斯看了戴夫的回复后，在暗网里写道：

解救的人送往哪儿？去地下城吗？

戴夫写道：联盟发现了地下城。

克努斯写道：无处可逃，只有让更多的人知道秘密，才是唯一的途径。所有人都知道了秘密，那就不是秘密。没有了秘密，喀尔斯岛的关押也就没有必要了，你和我也会安全。

戴夫看到这里，也觉得很有道理。他写道：你有多少朋友知道这个秘密？

克努斯写道：39个。暗网里的朋友就这些。他们也告诉了他们暗网里的朋友。具体多少人，还没有统计。还有一部分选择不相信，认为是谣言。

戴夫写道：这太少了！你估计有多少人。

克努斯沉默了足足有10分钟，写道：

依靠暗网传播孪星将要碰撞的消息，人数有限。只有100万人左右。

戴夫：挺好的。雷萨不可能把这么多人都流放。你们是安

139

全的。

克努斯：魔方系统的算力还不是足够大，目前可以在明网里进行全天候实时监控，在深网里只能进行有针对性的即时监控。至于暗网，需要大量的解密运算，魔方系统只是理论上的监控，没有实用价值。你也是安全的。

戴夫：你还记得蒂姆吗？他的翠鸟系统曾经帮我们一起修理过核潜艇。

克努斯：记得。我们认识，一直都有联系。

戴夫：地下城被德米副主席发现了，但是还没有被处理。请你联系蒂姆，让他赶快做好应对。

德米在薇欧拉的带领下，顺利进入了赛勒斯地下城。薇欧拉以为他是想亲手抓住那个抢劫犯，便提醒他。

"地下城很大，丽娅说，整个阿隆索山脉中部都有地下城。"

阿隆索山脉中部主要是喀斯特地质地貌构成，有很多地下河，也伴生着很多地下空穴。被掩埋的赛勒斯城，是地下城的起源。在世世代代亚诺人的努力下，以赛勒斯地下城为起点，向外逐渐扩大。特别是近50年里，地下城得到迅猛发展，阿隆索山脉中部地区的地下空穴，凡是可以利用的，都被地下城占据。

尽管地下城已经很大，但是人们还是习惯地称它为赛勒斯地下城。终年住在赛勒斯地下城的亚诺人，自称是赛勒斯人。

赛勒斯地下城是复古的，也是现代的。一个洞穴群形成一个街区。洞穴群的洞穴相互贯通，高低不同，整个街区便是立体的，各种各样的升降梯成了街区交通的主流，就像一座超大型的商业综合体。街区与街区之间，开辟着隧道，各种各样的汽车在街区之间往来。

街区和街区之间，有很多是地下河相连接的，那就更方便了，不用开辟隧道，河面上的游船、快艇、舢板……河岸边街道的自行车、摩托车、电动平衡车……就成了主要的交通工具。

第九章 阿布拉沙漠

像这种起到连接两个街区的隧道或者地下河，如果长度超过5千米，赛勒斯人就会布置增强虚拟现实场景。人们一进入隧道或地下河，便豁然开朗，满目自然风光。有的是青翠碧绿的草原；有的是炙热荒凉的沙漠戈壁；有的是崎岖蜿蜒的崇山峻岭；有的是一望无际的田野。有春天的花朵；夏天的骄瑟；秋天的五彩斑斓；冬天的皑皑白雪。有晨曦，有黄昏，有繁星；有风的吹拂，有雨的拍打，有雷的霹雳，有瑟光的沐浴……人就像身临其境，再也没有了洞穴的逼仄之感。

德米和薇欧拉从一个街区走到另一个街区，参观了三个街区，足足花了一整天。德米决定不再看了，赛勒斯地下城实在太大了，仅靠一己之力，是无法完成整个调查工作的。在地下城出口，他让薇欧拉留下来继续调查，并约定了下次在地下城见面的时间和地点。

德米回到地面立即联系了雷萨。在前往本格拉城的雷萨专用穿梭机里，他又回味着地下城的一切，仿佛自己完成了一次穿越，来到一个迥异的世界。这种迥异集中体现在赛勒斯人的精神面貌上。他们与亚诺社会的普通公民相比，显得更加自我。

亚诺社会在魔方系统的监控下，很少有违法犯罪。一想到在强大的魔方系统面前，违法犯罪必然会被发现，亚诺人便马上打消违法犯罪的念头，努力克制自己的行为，做出理智的选择。会有一时冲动的违法犯罪，但毕竟是极少数，也都立即受到了法律制裁。即使是在荒无人烟的野外，两个亚诺人发生了冲突、相互斗殴，联盟也能通过魔方K立即侦测出来，警察便会立即赶到现场，予以制止。

赛勒斯地下城里，没有政府，没有警察，没有监控，这就容易藏污纳垢，各种违法犯罪分子可以躲在这里，逃避法律的制裁，也容易滋生出各种各样的违法犯罪。在赛勒斯地下城生活并不那么安全。从这一点看，联盟是优越的。想到这儿，德米不禁担心起薇欧拉来。

穿梭机的呼啸声骤然停止,打断了德米的沉思,本格拉城已经到了。

"需要来一杯么?"

雷萨拥抱着德米。

"一杯橘子汁。"

德米舔了舔嘴唇,显得有些干渴。雷萨向屋角的机器人警察招了招手。

"那里实在是太大了。"

德米详细介绍了赛勒斯地下城的情况。

"果然有这样的一个地下社会。"

雷萨显得不能容忍。联盟的意义就在于大一统。赛勒斯地下城继续存在下去,必然会发展成一个国家。联盟里存在着独立于它的一个国家,那就违背了联盟大一统。从这一刻起,联盟就不再是联盟,是另一个国家。

"它是联盟身体里的恶性肿瘤!必须消灭它!"

雷萨双手举拳挥舞着。

"德米,你准备怎么办!"

"雷萨主席,在来的路上,我一直在思考这个问题。我建议,立即抽调警察,带领机器人警察,进入地下城,全面接管。"

雷萨点点头,突然问道:

"戴夫怎么办?"

"让他一起参与接管行动。"

德米认为戴夫熟悉地下城,能够发挥作用,有利于全面接管。雷萨想了想,也觉得可行,戴夫毕竟是守法公民,不是匪徒,可以继续当警长,为己所用。

"全面接管需要多少时间?"

雷萨又问道。

"很难说,毕竟是进入另一个世界,很多先进技术用不上。赛勒斯人绝大部分是良民,但是也有暴徒,有罪犯,有违法分子。

第九章 阿布拉沙漠

即便是戴夫这样的良民,都是对联盟有抵触情绪的人。这对全面接管不利。"

在亚诺社会,核心管治团队对普通公民一清二楚,但在地下城,正好相反,赛勒斯人对联盟核心管治团队和联盟警察要了解得多,毕竟这些人也是联盟的普通公民。

"还是要尽快!"

雷萨表现得有些急躁,这让德米有些费解。

"从现在起,亚诺星球上有两个国家,一个是赛勒斯国,一个是联盟国。你懂吗?"

雷萨狠狠地盯着德米,恼怒他的政治迟钝。这种两个国家的局面必须尽快终结,否则会有越来越多的人效仿赛勒斯地下城,就会一发不可收拾,出现更多的国家。

"我们信奉和平稳定,反对战争。国家越多,战争越多,我们危险越大。和平者从来不是好战者的对手,战争会轻易地毁灭掉我们。"

雷萨开始感到威胁正在逼近,权力即将流失。

"只需要两年的时间,最多三年,我们就可以彻底解脱亚诺星球这个泥潭。"

德米大吃一惊,更加不解。记得上次联盟主席办公会,雷萨就说过"留给我们的时间不多了",当时他就有些不解。

"这是什么意思?"

"喀尔斯岛其实是航天器发射平台。你才当副主席,一直没有机会告诉你。"

"只有副主席才知道吗?"

德米问道。

"自从夏当有了阿维罗卫星后,为了应对孪星碰撞,我们开始打造喀尔斯岛。它的真正用途,不是用来做心理实验,而是用来发射航天飞船。"

德米当警长的时候,只知道要去另外一个星球,但在内心里，觉得这事儿怎么着也是 40 年以后的事情，并没有把它放在心上，至于怎么去，什么时候去，到哪个星球去，这些问题他都没想过。

"您的意思，我们坐飞船离开亚诺星球？"

"去伽玛格行星。"

这是一颗离亚诺最近的行星，和夏当处于同一轨道平面，轨道半径比夏当大，离吉瑟恒星更远些。

"为什么不让警长知道？"

"警长没必要知道这些细节，到时候一起离开亚诺，也没有什么对不住大家的。这种事情，越少人知道越好。"

雷萨很坦然的样子。

"什么时候离开？"

"两到三年的时间，到时候会通知所有的警长，计划每个人可以再带 10 人，总共移民 1221 人。我也只能带 10 个人。"

德米感觉到非常庆幸。当初离开喀尔斯岛时，没有一时冲动违背雷萨的意志，去营救他的警察同事们。

"那确实要速战速决。"

联盟此时比以往任何时候都更需要稳定的社会环境，才能顺利地完成雷萨的星际移民。德米向雷萨鞠了个躬，转身准备离开时，本格拉城响起了凄厉的警报声。

莫妮卡背着双肩包，和蒂姆一起，向武器博物馆进发。在夜色的笼罩下，他们顺利地潜入了军机展厅。翠鸟系统在此之前，已经潜入了博物馆的安保系统，将他俩成功地注册为工作人员。面对强大的魔方 A，这种伎俩，只能维持个把小时。工作人员的身份有效时间是晚上 11 点到 12 点，过时作废。1 个小时以内，他俩如果不能驾驶战略轰炸机离开，就会留在博物馆里出不去，更麻烦的是，有可能当成小偷被发现。

一切非常顺利，飞机都是用于展览的，机舱门没有锁，可以

第九章　阿布拉沙漠

随时开门进入。驾驶系统的启动密码也被翠鸟系统破解，他们输入密码，驾驶系统顺利开启。

他们首先检查了飞机油箱，正如他们所料，屏幕显示油箱是满的。他们相视一笑。莫妮卡放下双肩包，取出衣服。两个人换下休闲装，换上一身加厚防寒紧身衣。本格拉城在朵拉美大洋上，那儿是北极，气温极低，必须穿厚一点。他们在机舱里找了两套飞行服装，穿戴整齐后开始驾驶飞机。

莫妮卡一下子就进入到了游戏状态。很快，飞机滑出停机位，进入机场跑道。她潇洒地在触摸操控屏上一点，大喊了一声：

"出发！"

大笨鸟突然嘶吼起来，霎时间腾空而起。

"太牛了！"

蒂姆竖起来大拇指。为了能掌握跳伞的要领，他这两天也玩了"疯狂战争"这款游戏，也知道飞机的起飞操作。莫妮卡的操作完全正确！

大笨鸟在起飞后不到1个小时就惊动了魔方K和Q。魔方Q立即通过无线电向莫妮卡反复询问身份，莫妮卡始终不予应答，魔方Q随即派出了两架穿梭机进行伴飞。

整整3个小时过去了。扬声器里时不时传来询问声，莫妮卡显得有些不耐烦了，立即加大了马力，将飞行速度提高到2.0马赫。大笨鸟的嘶鸣声变成了轰鸣声，猛地向前窜去，蒂姆感到了强烈的推背感。

"你疯了，这么高的速度，飞机要散架的。"

蒂姆有些紧张。

"没事，我在游戏里模拟过，这个速度，飞机飞到燃油耗尽都没事。我们到了后，航空汽油会少一些，也够烧毁魔方系统。"

"请告知您的目的地，请告知您的目的地。"

扬声器里传来魔方Q的询问声，每隔五分钟就传来一次，持续了快一个半小时。

"未经批准，请不要前往本格拉城领空，再重复一遍，未经批准，请不要前往本格拉城领空。"

魔方K和Q已经预判出大笨鸟的目的地。蒂姆和莫妮卡相视一笑，继续沉默。

"您已进入本格拉城领空，请立即返回。请立即返回。"

大笨鸟还有半个小时就可以到达本格拉城上方。这个时候，大笨鸟身边，一前一后，一上一下，一左一右，已经有6架穿梭机伴飞。

蒂姆和莫妮卡哈哈大笑，就像他们预料的那样，联盟奉行和平，明确规定只有外来星球的攻击，才可以动用战争机器。大笨鸟的行为即使被魔方K和Q定性为袭击，魔方Q也不可以发射导弹攻击他们，只能派穿梭机一路伴飞。

莫妮卡紧盯着触摸屏，屏幕显示飞机即将到达本格拉城上方。他立即点了几下屏幕，大笨鸟一个俯冲，一头扎向本格拉城。

"立即停止危险驾驶！请回复，请回复……"

"高度12000米，高度11000米，高度……"

扬声器里的命令声和飞机驾驶系统的提示声同时响起。伴飞的穿梭机纷纷撤离。

"戴好面罩，跳伞！"

莫妮卡当机立断。

"砰"、"砰砰砰"，莫妮卡和蒂姆先后弹射出去。在弹出的一刹那，他俩都看到一架穿梭机紧贴着大笨鸟的腹部一起向下俯冲。

雷萨和德米被报警声吸引到屏幕前。魔方K和Q都提出报告：一架前联盟时期的战略轰炸机未经批准，闯入本格拉城领空。

"一定是攻击我的。立即阻止它。"

魔方Q立即在屏幕上给出回答：战略轰炸机上有两名飞行

员，分别叫蒂姆和莫妮卡，来自赛勒斯大学。飞机来自东克特里群岛的750105号岛屿，是武器博物馆的展品。飞机上没有导弹，没有炸弹，没有攻击性武器。已派出穿梭机贴身飞行。一旦有危险，就立即予以控制。

"如何控制？"

魔方Q回答：穿梭机上有机器人警察，它会跳上战略轰炸机，接管飞行控制系统，驾驶它飞离本格拉城。

"同意此方案，必要时立即执行。"

大笨鸟开始俯冲时，魔方K和Q立即判断出飞机正在危险驾驶。贴着机腹飞行的穿梭机打开机舱门，机器人警察猛地一跃，手脚掌便牢牢地吸在飞机机腹上。它飞快地爬到机头，伸手掀开一片机壳，整个人就钻进去一半。在飞机离本格拉城大约3000米的时候，忽然被拉起，划了一条弧线，向上攀升。等速度从2.5马赫降到0.0马赫时，飞机开始平飞。机器人警察成功地控制住了飞机。

"德米，立即派警察，抓住这两个人。"

雷萨看到屏幕上的飞机逐渐远离本格拉城，不自觉地擦了擦汗，转身离开了监控大厅。

德米不能再待在这儿了，如果不是报警声，让他耽搁了一个小时，他可以按时与微欧拉碰头。他必须立即回去，不能让薇欧拉久等。想到这儿，他立即联系戴夫警长，让他带着警察，前来朵拉美人洋，抓捕蒂姆和莫妮卡。

"我知道你认识莫妮卡，考验忠诚的时候到了。祝你成功。"

德米急忙登上本格拉城墙头，坐上穿梭机，向赛勒斯城驶去。

亚诺人的快速智力进化和快速文明进步，客观上造成亚诺人大规模捕杀野生动物的游牧史不长，很快就过渡到农耕史，这使得亚诺星球的物种多样性得到了保护，像牛溪鲸这样的大型古生物得以幸存。亚诺人在发展文明的同时，也很注重对生物物种的保护。近200年来，亚诺人更是使用高超的生物技术，努力让濒临灭绝的物种得以恢复种群。

克努斯在奥普拉洲生活的10年里，热衷于在阿布拉沙漠里旅行，不为别的，只为了能够救助龙月蓝鸟。

龙月蓝鸟是一种长途迁徙的鸟。不像候鸟随着季节南北往返迁徙，它围绕亚诺星球迁徙。它飞越北极，在西半球向南经过赤道飞越南极，然后在东半球向北经过赤道飞回北极。它在迁徙中经历春夏秋冬，不必追逐季节的更替，因此它不是候鸟。它只是经年累月围绕着亚诺星球，在一圈又一圈的飞行中成长、繁殖、死去。

龙月蓝鸟属于大型古生物，形象艳丽又雄伟。它的腹部是蓝色的，双腿是红色的，头部是黑色的，鸟喙是黄色的，翅羽和尾羽是五彩斑斓的。

巨鸟站立时高达7米，像一座灯塔。双翅展开可达15米，尾羽呈扇形展开可达7米，双腿长而粗壮，鸟爪为四趾。

起飞时，龙月蓝鸟身体前倾，翅羽和尾羽紧收，双爪急速交替迈出，仿佛猎豹在奔驰。如果说牛溪鲸是水面上的飞毯，那龙月蓝鸟就是绣着五彩真丝的空中飞毯，引人注目。

克努斯每年都要在阿布拉沙漠的最南部，寻找龙月蓝鸟蛋。龙月蓝鸟蛋的直径接近0.6米，重量大约有50千克。如果下在平地上，所有的重量都集中在蛋壳的一个点上，压强很大，容易将蛋壳压破，蛋清流出，雏鸟还没有孵化出来，便被其他动物吃掉。

为了避免这种情况发生，龙月蓝鸟会在沙丘上用鸟爪扒一个坑，将鸟蛋下在坑里。鸟蛋的大半个面都被沙坑托着，蛋壳上的压强大大减少，就不会被自己的重量压破。

沙子的保温效果很好，沙坑就像保温锅，鸟蛋下在沙坑里，环境温度稳定，可以获得足够的温暖，易于孵化成形。龙月蓝鸟

第九章　阿布拉沙漠

的蛋壳是黄色的，与沙子的颜色非常相近，成为保护色，与沙丘混为一体，不易被发现。所有这些好处，让龙月蓝鸟在长期自然进化过程中，逐渐喜欢上了去沙漠里生蛋。

龙月蓝鸟经常在南北极地飞行，逐渐喜冷怕热。身体皮肤之下有着一层厚厚的脂肪，可以让它抵御严寒，但也让它忍耐不了炎热。龙月蓝鸟选择在阿布拉沙漠最南部生蛋，也是因为这地方离南极近些，夜晚温度要低些。

在夜晚气温最低时，雌龙月蓝鸟坐在沙坑上，雄龙月蓝鸟在身旁拼命地挥舞着翅膀，卷起一阵阵狂风，不停地给雌鸟屁股下的沙坑降温，直到下完蛋。

克努斯找到龙月蓝鸟蛋后，便会静静地等待雏鸟破壳而出。龙月蓝鸟蛋一般在两周内孵化成形。刚成形的雏鸟会啄破蛋壳，呼吸空气。它会继续待在蛋壳里大约一周，吃完壳内的蛋清，进一步丰满羽翼。由于重力的作用，雏鸟成形时头部在上，鸟喙啄破顶部蛋壳，洞口在上，蛋清不会流出。这样，雏鸟即可以呼吸，又可以进食，还受到蛋壳的保护。

等蛋清吃完了，雏鸟也就可以破壳而出了。龙月蓝鸟同样也只会在深夜飞下来，给雏鸟喂食，训练它飞翔。大约一周后，小龙月蓝鸟就会随着父母一起飞走。

如果在这四周时间里，小龙月蓝不能啄破蛋壳，或者不能破壳而出，或者不能学会飞翔，它的父母便会立即飞离奥普拉洲。阿布拉沙漠对于它们来说，就像着火的地狱，如果不是为了繁衍，绝不会在此停留。

克努斯会选择小龙月蓝鸟即将踢腿展翅破壳而出的前一天中午时分，顶着火热的骄瑟，在它的脑袋上植入芯片。这个时候，雌雄龙月蓝鸟正在蓝天上比翼翱翔，绝对不会俯冲下来保护它们的孩子。

克努斯的工作不仅仅是在它的脑部植入芯片，还要在它的背部安装一块巴掌大小的光电转换率高的吉瑟能电池，以便能够给芯片无线充电。电池集成有高精度GPS接收机、高灵敏卫星通信信号收发器、通信信号放大器、无线充电器等。芯片和电池一起构成了龙月蓝鸟行为遥控系统。有了这个系统，克努斯就能清楚地知道它在哪儿，也能遥控它的行为。

龙月蓝鸟的寿命一般是40~50年，大约在1岁半成年。成年后独立生活，到5岁左右进入繁殖期，繁殖期有10年左右。每2~3年生一个蛋，一生会下3~5个蛋。龙月蓝鸟身形巨大，起飞时需要在开阔地带助跑，就像飞机起跑一样，要有足够长的跑道。龙月蓝鸟如果降落在山林之中，就很有可能找不到足够长的跑道而无法起飞。龙月蓝鸟是比翼鸟，第一次交配后，雌雄鸟至死都在一起，这也意味着，如果找不到足够长的跑道，龙月蓝鸟会成双成对地困死在山林里。

较低的生殖率和较长的起飞跑道，是龙月蓝鸟种群数量持续下降的直接原因。亚诺生物学家进一步分析认为，龙月蓝鸟相较1000年以前，体重有明显的增加，它的起飞跑道也相应地延长。世代相传的栖息地没有改变，当年适合起飞的栖息地现在反而变成了陷阱。

克努斯尽力给每一只刚出生的龙月蓝鸟植入芯片，每当它落入山林，就可以控制它的行为，帮助它找到足够长的起飞跑道，脱离困境。减少这类死亡量，就可以提高种群数量。当种群数量大到一定程度时，每年新增量便会大于死亡量，种群数量就会稳定下来。克努斯大致估计了一下，再过10年，种群数量可以保持稳定，再过20年，种群数量可以恢复到110年前的水平。正是那一年，鸟类学家研究发现龙月蓝鸟的种群数量正在逐年下降。

克努斯按照戴夫的吩咐，在暗网里很快和蒂姆取得了联系。蒂姆告诉了克努斯飞机撞毁本格拉城的计划。克努斯询问他们跳伞后如何离开朵拉美大洋。蒂姆认为这不是问题，只要计划成功,翠鸟系统便能操控穿梭机来接他们。克努斯提醒他们,万一不成功,无人救援,必定会冻死在朵拉美大洋上。蒂姆则无所谓,一副不成功便成仁的心态。

蒂姆和莫妮卡跳伞后,会降落在本格拉城附近的某个地方。那儿是朵拉美大洋,超过 24 小时,他们就会被冻死。克努斯现在可以控制的龙月蓝鸟有 530 只,其中比翼双飞的有 230 只。这些夫妻鸟,控制了其中一只,也就控制了一双。雌雄龙月蓝鸟体型相差不大,只需要一对夫妻,便可以一鸟一人,载他们飞行。他们将像《阿拉丁神灯》里的阿拉丁,坐在华贵艳丽的飞毯上,飞离朵拉美大洋。

克努斯向蒂姆提出了建议。万一不成功,他会让龙月蓝鸟来接他们。他受到桑托斯驾驭牛溪鲸的启发,雷萨同样没有监控龙月蓝鸟。只要远离朵拉美大洋,不被冻死,即使最终被雷萨发现,也无非是扔到喀尔斯岛。现在去喀尔斯岛,不像当初有被弄疯的可能,至少一年内,他们的健康是有保证的。

蒂姆采纳了克努斯的建议,在出发前,将绳带和两包高能食品装进了双肩包里。

第十章　朵拉美大洋

蒂姆临出发前，将翠鸟系统的控制权交给了克努斯。克努斯通过它一直跟踪着战略轰炸机。当他发现飞机提速到2马赫时，在电脑屏幕上查看了本格拉城附近的龙月蓝鸟。

在本格拉城半径1000千米的方圆范围里，共有6对雌雄龙月蓝鸟正在空中飞行。蒂姆的飞机还有3个小时到达本格拉城，龙月蓝鸟平均飞行速度大约400千米/小时，3个小时可以飞行1200千米，这6对鸟都可以提前赶到本格拉城。

为了确保蒂姆和莫妮卡能够顺利离开朵拉美大洋，雌雄两只鸟都能受人控制才好。为此，克努斯特意选择了一对都植入了芯片的雌雄龙月蓝鸟，让它们偏离了原来的飞行方向，向着本格拉城飞去。

蒂姆和莫妮卡一离开飞机，便人椅分离，在空中急坠，大约在2000米的高空，降落伞才打开。他们醒了醒神，这才睁开眼睛。好不容易穿过厚厚的云层，他们才看清脚下的圆形本格拉城完好无损，只有一对龙月蓝鸟正在它的上空盘旋。他们急忙向四周望了望，没有看到大笨鸟的身影。

等他俩飘飘荡荡一降落到雪地上，莫妮卡便急忙走到蒂姆身边，问的第一句话就是：

"难道魔方系统能控制战略轰炸机？"

战略轰炸机是150多年前的产品，那个时候又没有魔方系统。再说，这架飞机是展品，肯定会保持原生系统，绝不可能去

第十章 朵拉美大洋

改造。莫妮卡百思不得其解。

"肯定不是魔方系统,如果是它,早就可以控制飞机了,何必等到现在?"

蒂姆也不知道究竟是谁控制了大笨鸟。他望着飘落着鹅毛大雪的天空,艰难地寻找着龙月蓝鸟的身影。

雌雄龙月蓝鸟一刻钟后在他们身边降落,趴在地上静静地等待着。莫妮卡从双肩包里拿出绳带来,考虑到自己体重轻一些,便走到雌龙月蓝鸟身旁,用绳带将它的身体"五花大绑",接着爬上了它的背,钻进"五花大绑"里,收紧绳头,将自己牢牢地绑在鸟背上。

蒂姆也如法炮制,将自己绑在雄鸟背上。他发现鸟背挨着颈脖处有一块电池,便知道这是克努斯安装的电池。按照事先约定,蒂姆将电子航空手表按了一下按钮,信号通过电池里的信号放大器传输给了克努斯。

很快,这只雄龙月蓝鸟站了起来,抖了抖巨大的翅膀,然后收紧翅羽和尾羽,急速地奔跑起来。雌龙月蓝鸟载着莫妮卡,紧紧地跟在它的丈夫身后。不一会儿,两张飞毯消失在阴沉沉、黑压压的云层里。

魔方K在朵拉美大洋上,很难搜寻到蒂姆和莫妮卡的降落地点。现在正值极夜,整天都是黑夜,高精度摄像镜头根本捕捉不到任何图像。厚厚的乌云密布、满天飞舞的鹅毛大雪、落满雪花的飞行服,把蒂姆和莫妮卡的热红外完全隔绝,让卫星上高灵敏度红外摄像镜头完全"失明"。

魔方K只知道降落伞打开时的时间,地点和高度。那个时候蒂姆和莫妮卡正处在乌云之上,红外摄像镜头能够捕捉到人体的热源。

魔方Q根据当天的风向和降落伞的打开时间、地点、高度以及降落速度,大致圈定了蒂姆和莫妮卡降落点的范围。穿梭机载着戴夫和 6 个警察，开着大探照灯，仔细搜寻着圈定范围内的每一寸雪地。搜寻的结果注定会是一无所获。戴夫从赛勒斯城赶来，就花了两个小时，此时，蒂姆和莫妮卡已经离开了快一个小时了。

戴夫不明白为什么德米当时不驾驶穿梭机盯着这两个人，直到他俩落地，这样就可以知道精确的降落地点。德米急着走，一定是为了处理赛勒斯地下城。他又会如何处理呢？

克努斯在蒂姆和莫妮卡出发的时候，在暗网中和戴夫联系了。他告诉戴夫蒂姆和莫妮卡的计划，也告诉了计划万一失败后的补救方案。戴夫心里清楚，蒂姆和莫妮卡正坐着"飞毯"与克努斯汇合。他带领警察们来这儿搜寻他们俩，只是走一个过场。这些警察会为他作证，他确实在尽力抓捕蒂姆和莫妮卡。

德米在赛勒斯地下城的约定地点见到薇欧拉时，已足足迟到了一个半小时。正如他所预料的，地下城藏污纳垢，三教九流，什么人都有。薇欧拉耐心的等待，引起了一个赛勒斯人的注意。他不怀好意地走近她的身边，言语挑逗的同时还动手动脚。好在薇欧拉也不是吃素的，一身空手道功夫，非常了得。德米见到她时，他已被打趴在地下，痛苦地哼哼唧唧。薇欧拉看到德米，便踢了一脚地上的赛勒斯小流氓。他顺势爬起来狼狈地逃走了。

他俩从赛勒斯地下城里出来，来到大学校园旁一家茶餐厅里坐下，点了两个套餐，边吃边商量下一步的打算。

"雷萨命令，要在短期内消灭地下城。"

德米的意思，消灭地下城，就是要尽快将地下城纳入监管。

"一个街区只有一个进出口与地面相通。"

薇欧拉忙着将自己打听到的情况进行汇报。

"一共有多少个进出口？"

"一个进口，一个出口，不在一起。"

薇欧拉自顾自地汇报，没有接德米的问话。

"这个我知道。"

"我是说,每个街区都是这样的。"

"进出口不是一个通道,比较麻烦,是吗?"

"是的。我们在街区里找,可以找到出口。也可以找到进口,但又有什么用?"

薇欧拉说得对,街区的进口通道和出口通道不在一起,都是单向的,前者只进不出,后者只出不进。在街区内找到的进口,是进口通道的终端,戴夫不能顺藤摸瓜,反过来沿着进口通道往外走,这便无法知道地面上的进口位置。

"丽娅知道其他街区的地面进口么?"

"她就知道这一个进口。"

薇欧拉很肯定。

"仅仅知道赛勒斯大学这一个地面进口,那调查起来会很慢。"

德米心想,从赛勒斯地下城开始,一个街区一个街区挨个儿放置监控设备,那很容易暴露,根本不可行。

"他肯定知道。"

薇欧拉突然想到了什么。

"谁?"

"戴夫警长。"

德米很吃惊,没想到薇欧拉和他也有同感。他只是感觉戴夫应该熟悉地下城,但是说不出所以然来。

"你不在的时候,我随便逛了逛,进了一家酒吧,有一面墙上贴满了照片,有一张照片是戴夫站在一艘船上的。我就随口对柜台里的老板说了一句:'哎呀,这不是戴夫吗,你也认识?没想到他真的认识。"

薇欧拉低头吃了一口菜。

"戴夫警长以前在地下河里开船。那艘船,叫核潜艇,是前联盟的船,距今有150多年的历史。是他在地下河里发现的。后来,他花了两年时间把这艘船修好。然后开着船在地下河到处转悠。那个酒吧老板说,他跑遍了所有地下城的街区。"

"有道理,有……不过……不过他也是在街区内转悠,一样不可能知道地面上的入口呀。"

德米先是点点头,然后又皱皱眉,摇摇头。

"哎呀,为什么一定要知道地下城的地面入口呀。地下河一定通着地上河,我估计戴夫警长也知道怎么走。让他开着船,从地上河进到地下河,再从地下河到各个街区,那不是很轻松的事情。"

德米豁然开朗,一拍大腿,兴奋地连声喊道:

"好!好!好!"

德米马上在脑海中形成了行动方案:戴夫的"沙音号"渔船,一定就是他在地下河里开的核潜艇。继续让他开着"沙音号"渔船,带着装扮成赛勒斯人的警察,潜入到各个街区,摸清每一个出口,并让警察把守好出口。

接着安排一批警察和机器人警察,同样通过地下河,到达每个街区后同时开展行动,切断街区与街区的交通。警察负责驱逐每一个赛勒斯人。机器人警察按照魔方系统的监控标准,负责安装各种各样的监控设备和通信设备,让地下城成为魔方系统的监控对象。

出口处的警察负责让所有出来的人进行身份登记,赛勒斯人恢复成联盟的普通公民,对于违法犯罪分子,关进看守所,等待法庭审判后再押送监狱。所有这些处理完后,赛勒斯地下城正式对外开放,成为亚诺公民生活与工作的一个普通城市。

这个行动能够在三到五天之内完成,快速、彻底、低调、安全,完全能够满足雷萨的要求。只是这一切的根源就在戴夫警长身上。他如果不配合,只能是空欢喜一场。

德米思来想去,没有更好的办法。地下河水系错综复杂,仿佛是一个迷宫,没有经验的人做向导,只能死路一条。戴夫发现

第十章　朵拉美大洋

的那艘核潜艇，一定是躲避敌国的追踪，误入了地下河，最终迷失在这个迷宫里，再也出不来。这是前车之鉴，不能再犯同样的错误，必须要请戴夫警长当向导。

薇欧拉不以为然，戴夫警长当向导，这是分内之事，他没有道理不做呀。德米觉得说来话长，不想作进一步解释。女人相信直觉，那就告诉她这是直觉。

"我的直觉告诉我，他肯定不愿意当向导。"

"那怎么办？"

薇欧拉果然不再纠结，仿佛戴夫警长真的已经拒绝了此事，开始想着如何应对。

北克特里群岛的 743960 号岛屿是最北端的岛屿，距离蒂姆和莫妮卡降落点 2700 千米。雌雄龙月蓝鸟大约飞行了 7 个小时到达该岛。尽管大部分行程都在北极圈内，非常寒冷，但是蒂姆和莫妮卡紧贴着温暖的鸟背，居然还能够睡着。在岛上，他们将"五花大绑"松开，从鸟背上下来，再解下鸟身上的"五花大绑"，让它俩飞走了。

克努斯原本的计划，是让这对鸟一直载着他俩回到安德利绿洲与他汇合。但是距离比较长，龙月蓝鸟就算送到了也会累死掉。

更要命的是克努斯选择这对鸟时忽略了很重要的一点，这对鸟已过了繁殖期！龙月蓝鸟把阿布拉沙漠看成燃烧着的地狱，如果不是为了下蛋，为了哺育雏鸟，它俩决不会在奥普拉洲停歇。如果让芯片强制它俩停歇，有可能会是空中坠落，而不是空中降落，那会酿成"车毁人亡"的惨剧。

克努斯只能改变计划，将 743960 号岛屿作为降落地点，让蒂姆和莫妮卡先下来再说。

克努斯在蒂姆和莫妮卡飞行的 7 个小时也没有闲着，而是订了机票，前往 750105 号岛屿。他要他俩回到原点，与他会合。

当他入住酒店后，便打开笔记本电脑，控制另一对龙月蓝鸟，让它们把蒂姆和莫妮卡接到750106号岛屿，也就是武器博物馆的军舰展厅。那儿有航空母舰，最大的航空母舰，它的飞机跑道有600米，足够龙月蓝鸟降落后起飞了。

深夜来临时，蒂姆和莫妮卡放飞雌雄龙月蓝鸟不到10分钟，又一对雌雄龙月蓝鸟落地。很快，它们载着他俩，飞了整整12个小时，在凌晨2点，将他俩放在航空母舰的甲板上后便飞走了。克努斯从黑暗的角落里出来，和他俩握了握手，一起消失在舰桥里。

克努斯在翠鸟系统里物色了两个赛勒斯人，看上去他们和蒂姆、莫妮卡相仿。赛勒斯人常年待在地下城，他们的数字孪生在地面上的亚诺社会里，也就是装装样子，和社会性死亡差不多。翠鸟系统让他俩的数字孪生坐高铁，再坐飞机，来到750105号岛屿，为它俩订了酒店的房间，还购买了明天参观武器博物馆的门票。

克努斯现在要做的，就是让蒂姆和莫妮卡易容，换上休闲装，使他俩看起来像是这两个赛勒斯人在岛上度假。

克努斯和蒂姆、莫妮卡躲在舰桥里等到第二天上午，第一班通勤直升机将游客送到军舰展厅，他们混在游客里参观着军舰展厅，然后再和大家一起返回武器博物馆。他们又假意参观了一两个展厅，便从博物馆出来，入住了翠鸟系统为两个赛勒斯人预订的酒店。所有的一切都很顺利。接下来，翠鸟系统注销两个赛勒斯人的数字孪生，让蒂姆和莫妮卡替代他们，正大光明地在亚诺社会里正常活动。

戴夫警长空手而归，面对德米，让同行的警察向德米汇报了搜寻过程。他要让德米相信，他没有徇私情有意放走蒂姆和莫妮卡。德米相信了他们的解释。不要说他们找不到，就是魔方系统，现在也找不到蒂姆和莫妮卡，仿佛他俩人间蒸发了。

第十章 朵拉美大洋

德米没有料到,在朵拉美大洋的冰天雪地里,找一个人会这么困难。确实没有经验,在这片大洋上,天寒地冻,除了本格拉城的历届联盟主席,没有人居住,自然也没有找寻的经验。德米觉得蒂姆和莫妮卡要么就是冻死在朵拉美大洋,被当天的暴雪覆盖,无法寻找;要么就是活着,在别的什么地方,这也没有关系,迟早有一天,总是会抓到他俩的。

德米和雷萨一样,越来越怀疑戴夫了。戴夫和薇欧拉、莫妮卡三人聚会后,莫妮卡就和蒂姆去了东克特里群岛的750105号岛屿,从那儿出发,开展了本格拉城的恐怖袭击活动。难道这是戴夫主导的?如果是他主导的,那在整个恐怖袭击活动中,戴夫又是如何躲避魔方系统的严密监控,能够和莫妮卡保持密切联系?如果蒂姆和莫妮卡没有被暴雪掩埋,那他们又是如何撤离朵拉美大洋,现在又在哪儿?难道这也是戴夫的安排?

德米原本打算见到戴夫后,试着邀请他做向导,一举拿下赛勒斯地下城。想到这些,到嘴边的话又咽了回去。还是再观察几天吧,他将对戴夫的监控等级升级为最高级,看看他的举动再定夺。

戴夫安静地待了两天,很吃惊一切风平浪静。雷萨、德米和薇欧拉应该知道地下城的存在,为什么没有采取行动予以取缔?蒂姆和莫妮卡现在平安么?下一步又该如何计划?想着想着,戴夫拿起手机,进行了几步软件设置,便进入了暗网。

克努斯向戴夫报了平安,蒂姆和莫妮卡也易了容,正扮成赛勒斯人在海边酒吧畅饮。虽然毁灭本格拉城没有成功,但是他们的情绪依然高昂,仍在思考着其他办法。

戴夫告诉克努斯,在伴飞的穿梭机上,机器人警察跳上战略轰炸机,接管了它的飞行,挽救了命悬一线的本格拉城。戴夫认为,如此平静,意味着赛勒斯地下城的未来非常不妙。请克努斯、蒂姆、莫妮卡做好应对。

酒吧二楼套间的门突然打开，薇欧拉微笑着，满目含情走了进来。上次他俩喝得微醺，在这儿度过了缠绵的一夜，双方都感到很满意，留下了美好的印象。现在又有几天没有见面，两人的情绪立即高涨起来。他们冲动地相拥相吻，急促地宽衣解带，从床上翻滚到地上，又从地上爬到沙发上，最后在火山喷发中燃烧。

等一切归于平静后，薇欧拉向戴夫说起了这几天的活动。和戴夫的判断一样，她去别墅见的是德米，然后一起去的地下城。他也明白了，德米急着离开本格拉城就是为了见薇欧拉。薇欧拉还告诉了他，德米的行动方案，然后问他愿意不愿意配合行动，当一次向导，帮助德米取缔地下城。

"你为什么要帮德米？"

戴夫起身穿上衣服，薇欧拉从他的怀里滑落在一边。

"他曾有恩于我，我一直想报答他。"

薇欧拉指了指胸口的项链。

"他帮我找到了它。它对我很重要，是家传之宝。但是当年的抢匪一直没有抓到，德米始终耿耿于怀。我觉得那个抢匪一定会在地下城，所以我就带他去了那儿。"

戴夫不理解薇欧拉为什么要游走在两个男人之间。他心里肯定不会答应做向导。但是他也不能当面拒绝她。如果拒绝了，也就是拒绝了德米。核潜艇的注册、喀尔斯岛的营救、本格拉城的袭击，每一件事都和他有关，他肯定逃不掉干系。

"你就答应了好吗？"

薇欧拉也穿好了衣服，偎依在他的身边，面带娇嗔。

"我早忘记了地下城的河道。"

戴夫感到，当初真不该当这个警长，宁可被雷萨扔到喀尔斯岛流放。

"能够取缔地下城，你就立了大功，不是吗？"

薇欧拉根本不相信他的话，睁着大眼睛盯着戴夫。戴夫警长有些迷茫，默不作声。

"你还犹豫什么呢？难怪德米有直觉，非说你不愿意。我还说你不会的。"

薇欧拉仍然不放弃。

"是吗，他居然这么说！"

戴夫很清楚，德米越来越怀疑他了。

"你好好想想，你要是不答应，德米和雷萨会放过你么？你这个警长肯定是当不成了。"

薇欧拉开始分析不利。确实，身为警长，不执行联盟副主席和主席的命令，那就是失职。戴夫在当警长这段时间，感受了权力的威严。自己管理的普通公民，对他说的话，总是点头称赞，从不反驳，毕恭毕敬的，在这份尊敬中又有一份仰慕，自然让他有了一种高高在上的感觉。手下的警察，也是对他俯首帖耳。只要他发命令，警察们便立即去执行，从没有半点犹豫，从不讨价还价。虚荣也是一种海洛因，会让人上瘾，而权力就是罂粟，人可以从它里面提取虚荣。

很难有人能够抵挡住权力的诱惑。如果戴夫能够放弃他的权力，那他就不是德米和雷萨的同路人，那就应该让他离开警长的岗位，即便能力再强，也不必挽留和惋惜。戴夫突然也明白了，当初答应雷萨当警长，其实是最深处的潜意识使然。

"那行吧，我带你们去。"

戴夫反手把薇欧拉抱起，往床上一扔，纵身扑了上去……

戴夫驾驶着心爱的"沙音号"渔船，从兰登港向着赛勒斯地下河里行进。同船的有德米、薇欧拉，还有10个便衣警察。渔船的后面，跟着三艘海警船，每只船里150名便衣警察。

戴夫告诉德米，赛勒斯地下城一共有310个街区，有地下河的街区287个，其他是通过隧道相连。在驾驶舱里的电脑里，有戴夫的航海日记，那里面有他整整两年的地下河航行经历，还有赛勒斯地下城——整个阿隆索山脉中部——所有街区的分布图。

· 161 ·

赛勒斯地下城的街区没有黑夜与白天，河边街面上，总是人来人往。每到一个街区，为了不让人发现，德米命令海警船不能浮出水面，命令便衣警察在水下出舱。便衣警察从船舱里出来，游到岸边，全身湿漉漉地爬上岸，装成喝多酒不小心落水一样。等上了岸，便找一处僻静处，从随身携带的防水背包里拿出干净衣服换上。然后在街区里若无其事地晃悠，暗中寻找出口。一旦找到出口通道，便回到地面，在地面的出口处隐蔽起来等待下一步的指示。

所有的便衣警察都上岸后，德米、戴夫和薇欧拉返回了兰登港。薇欧拉留下来负责指挥地面出口处的便衣警察。德米召集了287艘小艇，每只小艇装有20~30个全副武装的警察和10个机器人警察。戴夫驾驶"沙音号"渔船带着这支舰队，浩浩荡荡地向赛勒斯地下河进发。

赛勒斯地下城的接管工作，按照事先的计划顺利完成。薇欧拉也完成了心愿，帮助德米找到了当年抢劫她项链的逃犯。

当赛勒斯地下城纳入魔方系统监控，并正式向联盟普通公民开放时，雷萨接见了德米、戴夫和薇欧拉。

在前往本格拉城的路上，德米告诉戴夫，在审查两个赛勒斯人时，发现他们和一个叫克努斯的人，也正在750105号岛屿上度假。一个人居然同一时刻出现在两个地方，这是不可能的。魔方K和Q深入细致地进行了调查，发现度假的那两个赛勒斯人其实是蒂姆和莫妮卡。薇欧拉连忙问莫妮卡现在哪儿，德米微微一笑。

"他们三人现在喀尔斯岛。"

薇欧拉第一次听说这个岛，一时不明就里，显得有些懵。戴夫则不同，表面不动声色，内心里却一阵阵抽搐。德米看着戴夫，突然有了共鸣，他当初抛下那些警察，独自离开喀尔斯岛时，内心也是同样的痛苦。

雷萨很高兴地接见了他们。他安排他们一起就餐。在餐桌上，他颇有些自鸣得意。

"我的眼光没错，戴夫确实很有能力，而且很忠诚。"

如果一个人迷恋权力，他就会是忠诚的。这份忠诚，是对权力的忠诚。雷萨拥有这个权力，他就会对雷萨忠诚。

德米和薇欧拉也由衷地夸赞着戴夫。雷萨悄悄地向德米使了一个眼神，德米会意地回了一个眼神。

"夏当是个美丽的行星，它和我们的亚诺一样美丽。薇欧拉，你知道吗？"

"你想带我们上去么？"

薇欧拉思维很跳跃，马上知道德米的弦外之音。

"联盟一直在做这方面的准备。我们准备发射亚诺人前往夏当行星。"

德米知道，薇欧拉仅仅只是一名警察，她还没有资格知道夏当和亚诺相撞的秘密。当着她的面，谈论夏当行星，必须小心谨慎。

"现在就可以实现了？太不可思议了。"

薇欧拉端起杯子，喝了一口红酒。

"是的，现在就可以去夏当。"

雷萨接过了话头。

"你还记得吗？戴夫，我说过还有重要任务交给你。"

雷萨看着戴夫，戴夫点点头。

"我命令你去飞船发射基地，带上 10 名船员，一起坐飞船去夏当行星。"

戴夫有些不明白，夏当和亚诺不久的将来就会相撞，开发夏当又有何必要，这对孪生行星都会毁灭。

"这个……这个有必……"

"当然有必要派你去，而且非你莫属。"

德米打断了戴夫的话。戴夫也意识到，自己差一点就泄露了联盟最高秘密。

"现在就要动身么？"

戴夫用餐巾揩了揩嘴。

"是的，现在就动身。以后，夏当行星的开发工作就全权委托你了。围绕这项工作，你可以调动所有的人和物。你使用魔方系统的权限，在我之下，在副主席之上。"

雷萨神情严肃，不容置疑。

"警长的工作交给谁？"

戴夫内心有一些激动。但还是不明白这真有必要么。

"德米带你去发射基地，他会给你交代具体细节。"

戴夫立即明白了雷萨的意思，有些话不能当着薇欧拉的面讲，特意安排德米在路上再讲。

餐厅里只剩下了雷萨和薇欧拉。薇欧拉端着酒杯，笑吟吟地走到雷萨跟前，另一只手搭着雷萨的肩头，一只长腿一跨，屁股就顺势坐在雷萨的大腿上。

"干杯！"

"干杯！"

雷萨一只手搂着她的腰，另一只手端着酒杯，两人一饮而尽。雷萨放下酒杯，来了一个公主抱，将薇欧拉抱着走向卧室。

"听说你学过空手道？"

"是的。"

薇欧拉娇滴滴地回答着。

"那你一定很能打？"

"还好啦。"

薇欧拉满面羞红。

"那你当警长正合适。"

德米在路上介绍了雷萨放弃亚诺行星，星际移民伽玛格行星的计划，就像德米当初的反应一样，戴夫也是暗暗一惊，又深感庆幸。感谢薇欧拉，听从了她的建议，赢得了雷萨的信任。要不然,自己当不成警长,就失去了逃脱李星碰撞大灾难的绝好机会。

可是,这和去夏当又有什么关系?

戴夫的脸上显得阴晴不定。

"喀尔斯岛上的人,必须立即处理掉,留着总是隐患。"

"准备让他们都发疯么?"

"现在岛上的人,不是一个两个人,而是30多个人,都疯了,必然会引起人们的好奇。人一旦有了好奇心,就会捅娄子。"

德米有些意味深长地说着,言下之意,当初你驾着"沙音号"渔船前往喀尔斯岛解救哈娜,也有一份好奇心作祟吧。戴夫也感觉到了德米的这层意思,有些不自然。

"不能杀死他们么?"

"联盟建立以来,崇尚和平,厌恶杀戮。亚诺社会,人杀人的事,已经很少见了。联盟处死公民的事,更是从没有过。突然死掉这么多人,再怎么掩饰,只怕也会引起怀疑,稍有不慎,就会掀起舆情波动。"

"雷萨的意思,是让岛上的人去夏当。"

"是的,你的任务,就是确保他们顺利前往。这次前往夏当,也为我们去伽玛格行星积累经验。你一旦送达,必须立即返回。"

将岛上的这些人送往夏当确实是一劳永逸的好办法。再也不用担心他们会泄露联盟的最高秘密了。

"刚才有薇欧拉在场,不可以让她知道太多。雷萨只能发出命令,不会作过多的解释。请您务必要相信我的话,我是受雷萨的委托,给你进行详细解释。如果雷萨不任命你为星际移民的总负责人,你是没有资格知道这些秘密的。警长们只知道李星碰撞,也知道联盟核心管治团队的所有人有资格星际移民。但是具体的计划,只有副主席们才能知道。我也是才知道这个移民计划。"

魔方J给雷萨的建议就是不同层级的人知道不同的秘密。警长们长期在一线接触警察和普通公民,他们的亲朋好友肯定会很多，人际关系也会很复杂。如果过早知道每个警长只能带 10 个人移民伽玛格行星，究竟挑选谁一起移民，会给他们带来纠结、烦扰和不满。警长们的情绪不稳定，也就是亚诺社会的不稳定，绝对不能出现这种情况。

必须对警长们保守星际移民的秘密，直到出发前。临到出发时通知，警长们就会凭第一感觉带上身边的人。没有时间多想，就没有烦恼，就不会出现情绪不稳定。

雷萨觉得很有道理，高高在上的人，确实亲朋好友会大大减少，有 10 个移民指标就足够了。相反，中层阶级的人，就像警长这样的，享受一定的特权，又和底层的人紧密联系，自然亲朋好友就会很多，10 个指标肯定远远不够。

"此次任务，虽然是为下一次移民伽玛格行星做准备，说得难听点，也可以说是做试验。不过你也不必紧张。从技术上讲，来去肯定没有任何问题。你这次去，需要重点观察人们在星际移民背景下的精神变化和行为变化。下一步，我们要移民 1000 多人，如果飞船上人员心态不稳，出现哗变，甚至相互残杀，那就会全军覆没。那也意味着亚诺人从此灭绝，亚诺文化从此消失。你一定要提高认识，这次星际旅行，使命重大！"

德米越说越高昂，戴夫则一言不发，继续听着德米的演讲。

"这次星际旅行，你是船长，随行的 10 名船员，有 1 名驾驶员和 1 名导航员，电气工程师 2 名，医疗人员，医生和护士各 1 名，厨师 1 名，安保员 3 名由你选定。"

德米停顿了一下，想听听戴夫有什么想法。戴夫继续沉默，顿时气氛凝固起来。

穿梭机终于在海边别墅前降落。德米和戴夫走出机舱，一位美丽的年轻女孩迎了上来，将他们带到了客厅里。客厅沙发上坐着 7 个人，见到德米和戴夫进来，全都起身站立。年轻女孩将他们向德米和戴夫一一作了介绍。德米也向他们介绍了戴夫，并宣布戴夫为船长，所有人员必须听从船长的命令。

晚餐后,德米和大家一一握手告别,戴夫将他送出门外,在登上穿梭机前,德米握着戴夫的手,眼神中充满着仰慕。
"祝你成功归来,你会是我们的英雄。"

第十一章　夏当行星

戴夫挑选了3名警察，都是他新近招聘的。个个身强力壮，搏击水平一流。关键一点，都是孤儿出身，没有牵挂。在等待他们到来的时间里，戴夫仔细思考了下一步的行动方案。

如果不是德米在穿梭机上的一番讲话，戴夫真没有想到，喀尔斯岛是一个飞船发射基地。现在上岛有两条途径，一种方式是坐穿梭机上岛，另一种方式是坐船上岛。戴夫决定自己坐穿梭机上岛，让手下的船员坐船上岛。每周都有货船抵达喀尔斯岛下的航空母舰。船员们通过货物通道上岛，在那儿准备飞船起飞工作。自己冒充雷萨的流放者上岛。

岛上有24名警察，有6名"沙音号"的船员，有桑托斯、哈娜、考伯特、威廉和沙玛，还有克努斯、蒂姆和莫妮卡。除了警察，其他人都认识，说服他们上飞船，应该问题不大。自己当警长也有一段时间了，对警察这类人群，也有很深的了解，说服他们也有一定的把握。

考伯特和威廉、沙玛在帕奎号航空母舰的底层关押着，神智还算清醒，也需要说服他们。船员们进入帕奎号航母后，不能和他们接触。一旦他们接触了，就相当于接触了秘密，那会像德米手下的那24名警察一样，永远留在夏当行星上，那自己也要跟着留下来。

不久，三名安保员到达别墅。整个队伍人员到齐。乘坐的太空飞船叫"未来之耶"，驾驶员、导航员、电气工程师重点介绍了未来之耶号飞船的功能、结构和操作，详细讲解了船员起居区的分布。

年轻女孩不仅仅是给他们做饭打扫卫生的服务人员，她也是培训老师。她重点讲解了舰帕奎号和诺格号航母的内部结构。这两艘航母不仅仅只是支撑和驱动喀尔斯岛，它们还是水上太空飞船发射平台。帕奎号航母主要用于生产飞船和火箭零部件、储备燃料、地面通信与控制等等。诺格号就是一个发射平台。未来之耶号飞船和火箭在诺格号航母里完成组装，并从它里面发射升空。

所有的介绍都配以虚拟增强现实的模拟演示，让大家都对发射基地有所熟悉。

临行的当天早上，戴夫船长对所有船员集体训话：

"女士们，先生们！"

戴夫依次看了每个船员一眼，整个队伍5男5女。

"这次星际旅行，是亚诺人历史上首次登上夏当行星，意义重大，必须成功，不容失败，请大家务必严格遵守我的命令。听清楚没有？"

船员们立正站齐，大声喊道：

"听清楚了！"

"现在，海边栈道尽头，去往帕奎号航母的纳兰尼号运输船已经等着我们了，我们即将开启伟大的征程。为此，我决定，你们先行进入航母，在安保员的带领下迅速登上未来之耶号太空飞船。在此期间，不准和任何人说话。这是铁的纪律，一旦违反，立即开除。听清楚没有？"

船员们立正站齐，大声喊道：

"听清楚了！"

"出发！"

美丽的年轻女孩带着船员来到栈道尽头，一艘货船浮出水面，船员一个接着一个登上货船。女孩目送着货船消失在海面后，转身回到别墅。

戴夫计划明天凌晨1点出发，将会在早上3点左右到达喀尔斯岛。他会先住下来，等到7点，再去餐厅和岛上的人见面。3点左右到岛上，所有人都在睡觉，上岛比较安全。岛上24名警察，都是全副武装的警察，如果看到穿梭机飞来，有可能不明就里，劫持自己以图控制穿梭机。

上了岛后，戴夫就不能再和未来之耶号飞船的船员联系了。正好利用出发前的这段时间，通过魔方K和Q，了解船员进入未来之耶号太空飞船的情况。

在下午6点10分，魔方Q告知货船接驳上帕奎号航母。魔方K显示了航母内的情景：船员们进入航母底层，按照事先安排的线路，乘坐升降机到达航母第四层，走过帕奎号航母和诺格号航母之间的连接通道，到达诺格号航母。他们走到诺格号航母的中部，那儿就是火箭发射架的顶端。火箭整流罩打开着，露出了未来之耶号太空飞船。船员们通过脚手架，来到太空飞船舱门口，安保员打开舱门，大家依次进入，最后关上舱门。

看到船员们在飞船里各就各位，熟悉着各自的工作岗位后，戴夫船长舒了一口气。

"女士们，先生们！"

戴夫停顿了一下，逐一查看了屏幕上的每个船员的反应，看到大家都在聆听，他接着命令道：

"很好，一切顺利！请大家不要打开舱门，直到我的到来，听清楚了没有。"

听到船员们的回答声后，戴夫关闭了屏幕。这时，年轻女孩已经准备好了晚餐，邀请他去餐厅就餐。

"在就餐前，我需要再给你培训一下。"

年轻女孩妩媚地笑了笑，接着递给戴夫一个VR头盔。戴夫戴上VR头盔，看到了未来之耶号太空飞船的进口。女孩带着他走进飞船，来到一个舱门前，门后是一个长长的通道，通道左右

第十一章　夏当行星

各有一排房间，每排有 20 个房间，就像是走进了豪华游轮的内舱区。每间内舱房和喀尔斯岛上的房间相似，里面有一张床和一个集成式一体卫生间。在通道尽头，有一个长方形的餐厅，里面放着 4 个长条形餐桌，可供 40 人就餐。餐厅的一面墙上，镶嵌着一个超大液晶屏幕。这就是未来之耶号太空飞船上供旅客使用的起居舱。

VR 头盔又给出帕奎号航母的情景，女孩带着他来到底层，找到了关押考伯特、威廉和沙玛的地方，看上去他们神智正常，没有发疯。

"来自雷萨的命令，让我单独给你介绍这些。"

女孩摘下 VR 头盔，用手理了理凌乱的秀发。两个人默默地吃完了晚餐。戴夫回到房间，洗完澡后，设置了闹钟，准备上床休息。这时候，美丽的年轻女孩出现在门口，性感的身体，一丝不挂。戴夫感到一阵愕然。

女孩走到他身边，边解开他的衣服，边妩媚地看着他。

"需要我么。"

"这也是来自雷萨的命令？"

戴夫有些情不自禁，抚摸着她那娇嫩的脸蛋。女孩终于脱光了他的衣服，倒在他的怀里。

……

闹钟将他俩惊醒。戴夫船长从床上一跃而起，边穿衣服边对女孩说：

"你再睡一会儿。"

女孩没有听他的，也起了床，跑到另一间房穿衣服。

他俩来到门前，穿梭机停在海边正等着。戴夫船长吻了一下女孩，转身登上穿梭机，在关上舱门时，他问道：

"你究竟是谁？"

"我是雷萨的女儿。我爸说了，如果你愿意，他会带着我为你接风。"

女孩说完，转身跑向了别墅。

戴夫船长关上了舱门，穿梭机腾空而起，奔向喀尔斯岛。

在喀尔斯岛的餐厅里，大家静静地听着戴夫的经历。克努斯、蒂姆和莫妮卡估计已经和大家讲过有关他的一些情况，戴夫决定从赛勒斯地下城取缔说起。

赛勒斯地下城被取缔，戴夫向大家坦诚，自己有些失误，不应该向薇欧拉提到丽娅。戴夫也指出，德米在发现地下城中，做出了重要贡献，正是他巧妙地安插了薇欧拉，自己才被出卖。如果不是为了保护莫妮卡，他也不会向薇欧拉提到丽娅。

警察们听到德米，又是咬牙切齿。在这之前，他们从克努斯、蒂姆和莫妮卡那儿知道了德米的一些情况。他们很痛恨他，为了当上联盟副主席，宁可牺牲掉这帮曾经是他最亲密、最忠诚的兄弟姐妹。

取缔地下城后，戴夫对于雷萨来说，没有了利用价值。特别令雷萨痛恨的，也是不能容忍的，他居然和莫妮卡有关联，也就是和空袭本格拉城、谋杀雷萨有关联。流放喀尔斯岛，这是戴夫必然的结局。

"早知如此，真不如当初不当警长，说不定赛勒斯地下城就不会被发现。"

克努斯内心里似乎对戴夫当警长并不满意。他认为，戴夫就是一个自由主义者，无政府主义者，与雷萨、德米这些人，完全相反，根本就不是一类人，加入到他们阵营，只会是被利用，永远也得不到信任。

"我也掌握了联盟的一些秘密。"

戴夫微微一笑，然后神情肃穆地告诉大家，喀尔斯岛是一个移动的太空飞船发射平台，下面有两艘航母，其中诺格号航母里面有未来之耶号太空飞船。雷萨自从知道李星将要碰撞后，就计划抛弃亚诺公民，带着联盟副主席和联盟警长，一起移民到伽玛格行星上。

现在,未来之耶号太空飞船已经准备就绪,随时可以出发。伽玛格行星上,已建好大型的生活设施,随时都可以安居移民。一个月后,亚诺行星和伽玛格行星距离最近。未来之耶号太空飞船会点火升空,带着联盟核心管治团队及其亲朋好友,共计1221人,前往伽玛格行星。两年之后,他们就会在伽玛格行星上,看着亚诺公民等死。

听着这里,大家都被戴夫危言耸听、半真半假、煞有介事的联盟高层内幕惊呆了。

"亚诺社会,监控无所不在,我们无处可逃,即使我们逃出了喀尔斯岛,又能去哪儿?现在唯一的办法,就是前往伽玛格行星。我们可以在那儿自由自在地繁衍生息,创造出新的文明。"

戴夫停顿了一下,看了看大家,大家都凝神屏气地盯着他。

"如果我们这次行动成功,雷萨失去未来之耶号太空飞船,需要重新打造太空飞船,那又要再等两年。那个时候我们已经扎下了根,他们不但不能再欺负我们,只怕不得不听命于我们。"

戴夫及时地抛出了一个权力的诱饵。是呀!谁不想命令他人呢?谁又愿意受他人指使呢?大家听了这话,特别是警察们听了这话,心里自然起了涟漪。

"考伯特、威廉和沙玛,你知道他们在哪儿吗?"

哈娜是首批流放者中唯一的幸存者,她自然关心考伯特等人的情况。

"他们在帕奎号航母里。他们早就知道雷萨的企图,肯定有所应对,从我看到的视频,他们没有疯,神智还算正常。"

确实是有应对,考伯特等3人一直坚持少吃多运动。这让雷萨非常头痛,自己的承诺无法兑现。已经满了两个月,这个时候肯定不能将清醒的他们交给他们的亲人。

雷萨只能再次面见这些亲人,播放了考伯特等3人的岛上生活视频,告诉这些亲人,心理实验要继续进行,这次心理实验要在夏当行星上进行。他们非常愿意参加这个 2.0 版的心理实验。雷萨和他的机器人警察一起，好说歹说，总算暂时稳住了这些亲人。

"那太好了，我赞成去伽玛格行星。不过我们一定要救出考伯特，救出他们 3 个人。"

哈娜本身就是个天文爱好者，能够星际旅行，这可是梦寐以求的事，实在太好了。

"怎么下去？"

桑托斯问道。

"我有办法。"

莫妮卡曾在聪达公司工作过，对机器人警察很熟悉。只要把它们搞定，就可以下到帕奎号航母内部。

帕奎号航母，蒂姆和莫妮卡都很熟悉，"阿尔法"曾是他们的卧底，将这个航母内部的情况，以及从岛上下到帕奎号航母的情况，都拍摄成了视频。他们曾仔细地看过这些视频。

蒂姆和莫妮卡到了岛上后，计划了逃离方案，但是迟迟不敢付诸行动，这次有戴夫领导，便也跃跃欲试。

"你能驾驶飞船吗？船长。"

司徒大副见到戴夫，很高兴，亲切地称呼他船长。

"我能再当船长。这次是未来之耶号太空飞船的船长。"

戴夫告诉大家，他已掌握了发射指令。他会进入飞船驾驶舱，命令飞船升空。只要点火升空，大家就是自由的了。

雷萨明白，只要他带着联盟副主席和联盟警长离开，联盟公民不出一个小时就会知道。愤怒的联盟公民一定会使用魔方系统发射太空导弹，击毁未来之耶号太空飞船，让他们的星际移民计划破产。为了避免这种情况出现，雷萨在魔方系统里做了设置，一旦点火升空，魔方系统就会自动清除有关太空飞船的一切数据，让他在魔方系统里彻底消失。

听到这儿，大家全都同意前往伽玛格行星。

第十一章 夏当行星

"我们在这儿的一举一动,魔方系统都是知道的。这次行动,只有半个小时。半个小时之后,魔方系统就会发现我们的企图,立即关闭火箭的点火装置。那我们就真的无处可逃了。"

所谓全副武装警察,其实并没有刀枪,只是警棍和电击棒。莫妮卡从警察那儿拿了两根电击棒。她和桑托斯一起,若无其事走到机器人警察身边,一左一右,突然从怀里掏出电击棒,同时电击机器人警察的两耳。电击棒的高压,立即击穿了神经电路,机器人警察倒下了。

莫妮卡很快拆解了机器人的手掌,从里面取出 IC 芯片,来到餐厅里,找到隐蔽的感应面板,将芯片贴了上去。地道口应声打开,大家分批坐着电梯下到帕奎号航母第四层。

戴夫要求大家原地待命,他带着莫妮卡和哈娜,一同下到底层。莫妮卡的 IC 芯片再次管用,牢房门依次打开。哈娜激动地拥抱着瘦骨嶙峋的考伯特。戴夫祝贺威廉成功减肥。莫妮卡搀扶着饿得有些虚弱无力的沙玛。

戴夫带着他们原路返回,和大家会合后,一起前往诺格号航母。通过脚手架,戴夫领着他们依次走进未来之耶号太空飞船。戴夫打开起居舱门,安排他们一人一间,进入内舱房躺下,绑上安全带,等待火箭发射。他告诉大家,请务必安静等待,他这就前往驾驶舱,点火升空。

当他走出起居舱时,内舱房门逐一关闭,接着起居舱门关闭。不到 10 分钟,火箭整流罩关闭,喀尔斯岛面打开,露出发射口,火箭直指天空。

9……8……7……6……5……4……3……2……1……点火!

戴夫船长一声令下,火箭腾空而起,飞向太空。

· 175 ·